鲁引弓

小别离2

韩国版

作家出版社

1

美国西雅图，秋天的早晨。

从窗棂透进这屋子里来的第一道阳光，穿过凌乱的客厅，落在餐桌上，落在冒着热气的早餐上，也落在16岁中学生方朵儿的睫毛上。

这让她眯起了眼睛，于是，有那么一刹那，她恍若置身于清晨时分上海自己的家中：

也是这样穿窗而入的阳光，也是这样落在睫毛上，突然脸颊好像被妈妈海萍亲了一下，是妈妈在唤她起床，“快快起来啦，洗脸刷牙吃早饭，上学要来不及了……”

朵儿睁大眼睛，上海消失，此刻坐在她对面的住妈莫莉那张宽阔的脸上正在淌下汗水。

这位大个子住妈已忙碌了一个早上了，现在她正手忙脚乱照料桌上三个闹腾小娃吃早餐，他们是8岁的杰克、6岁的妮可和4岁的查理。

而餐桌左侧的沙发上，住爸巴德先生坐在那堆乱衣服中央，在看手机。

这是忙乱一天的开场。

这里，是高中留学生方朵儿如今在西雅图的HOMESTAY。

朵儿已经在这个家住了快一年了。

如今她快住不下去了。

如果你还记得朵儿最初的留学经历，你或许会有些奇怪。朵儿两年半前不是去了澳大利亚，入住墨尔本舅舅家，入读当地一所高中的9年级了吗？

是的，但后来情况有变：一年前朵儿从澳洲来到这里——美国西雅图附近的一座小城，入读奈特利高中，现在她已是12年级了。

那么，又是什么原因，让朵儿爸妈方园海萍调整了女儿的留学路径？一是因为语言问题，住舅舅家生活虽方便，但家里全中文环境，使朵儿英语听说能力提高缓慢，比不上那些住校或住HOMESTAY的学生；二是出于申请大学的考虑，美国名校多，如果高中在美国读，那么无论是将来申请名校的成功率，还是生活、学业对接，会有利得多。

正因为这样，一年前朵儿转学美国西雅图，对接奈特利高中11年级，并由当地教育机构安排，入住到了莫莉一家的HOMESTAY，准备一年后申请北美高校。

“玛丽，你为什么不吃？”此刻住妈莫莉在问朵儿。

朵儿抬起头，迎着眼前跳跃的阳光，轻声说，有些冰。

她是指泡麦片的牛奶太冷，因为是刚从冰箱里拿出来的。

冰凉的牛奶里泡着一些麦片，这是她的早餐，这一年来，每一个早晨她面对的基本都是这一款早餐。

住妈莫莉伸手向朵儿指了指仨小娃面前的盘子，三只盘子里各有一个煎蛋，上面撒了一些火腿末。

莫莉不好意思地解释为何朵儿没有，她说，玛丽，不好意思，冰箱里只剩三个鸡蛋了，明天去买。

朵儿轻声说，没有关系的。

而她心里想，这又不是第一次了，又不只是今天的鸡蛋，许多次啦，你以为我不知道你偏心眼、抠门吗？

她还想，我的确不是你自己的小孩，但我食宿费又没少缴。

心里这么想，而朵儿脸上又淡淡笑了一下，说，他们比我小呀，该多吃点儿。

莫莉瞅了她一眼，点头，指了指摆在她面前的一只小面包。

朵儿懂她的意思，即，嗨，玛丽，今天你多吃个小面包。

朵儿觉得眼前的这片阳光晃眼得厉害，它落在麦片上，还落在那只瘪瘪的小面包上，好似映照出了它们打发人的实质，狗屎啊，早餐。

朵儿瞥了一眼自己搁在餐桌旁的书包，书包上挂着一只小小的卡通“天屎”钥匙扣，那是一坨长翅膀的粪状钥匙链坠。从初中起朵儿就把它挂在自己书包上，后来一直带到了美国，因为她好喜欢这坨软软的萌物，又LOW爆，又好似有那么点态度，蛮逗的。小孩都喜欢。

现在朵儿伸手摘下“天屎”，随手把它放在自己的早餐旁。她拿起调羹舀了一下麦片。

莫莉注意到了朵儿这个小动作。仨小娃也看到了“天屎”，他们惊喜地伸出小手想要来拿，这也是他们超级喜欢的东西，平时他们总瞅着姐姐书包上的这一小坨“天屎”，超想去捏抓。而她总是避开他们。

这女生不爱说话。莫莉此刻看着朵儿低着的头，心想，好像自从她住进这个家后没多久，就不爱说话了。

莫莉用手势止住了自家三个闹腾小娃，说，查理妮可杰克快吃呀，还想不想吃了？妈妈一早起来准备早餐，你们知不知道妈妈辛苦？

朵儿一口喝了麦片，起身，拎起书包，拿起“天屎”，往楼下走。

莫莉在背后喊住了她。

朵儿回头，看见她的脸在笑着，但有些许红涨，她指着那只小瘪面包说，怎么面包不吃了？

朵儿看了一眼移到东墙上的那道阳光，轻声说，我不饿。

这天中午，在COSTCO超市做收银员的莫莉，面对这个时间段顾客稀少的店内空间，那些巨大的货架、冰柜，五光十色的蔬菜，突然又想起了早晨餐桌旁的那张小小的脸、那似在回避的眼神。

莫莉感觉心里的憋闷又在升起来了，她想，我怎么她了？这样整天不声不响的，好似把她自己封闭在一个小气泡里了？

她想，哪怕她觉得这样才安全，但让我和这个家不自在了，越来越不自在了，对我们有什么看法啊？

她想，什么意思啊，把那坨“天屎”放在餐桌上？

站在收银台前的她轻晃了一下身体，对着空中呼了一口气，好似在吹一团小小的冷空气。

她又想到了老公巴德的心不在焉和仨小娃的闹腾劲儿，她想，我已经够烦了。

于是她掏出手机，找到了一个中国的电话号码，打过去，她说，我是莫莉，你是玛丽的妈妈吗？

这是上海的午夜时间，海萍接到了这个说着英语的电话。

海萍的英语听力不是很好，她模模糊糊地听懂了一些，但没完全明白莫莉的意思，只知道她在说自己女儿在她家不太讲话。

于是海萍连忙说，莫莉女士啊，谢谢你，这么关心朵儿，我这女儿比较内向，她在你家里不太说话可能是她比较害羞，怕英语讲得不好就不好意思开口吧？希望你们多跟她讲讲话。

海萍不知道自己的英语表达得对不对，那头的莫莉有没听懂。

放下电话，海萍愣了一会儿，她想，这个住妈想说什么呢？

2

这一夜，在后来的睡眠中，海萍又梦见了女儿方朵儿。

而梦境却与之前许多个夜晚梦见她时一模一样：在大洋彼岸读书的朵儿，像她小时候讨要糖果一样，讨妈妈答应让她回来。

梦境中的朵儿背着一只红色双肩书包，睁着懵懂小鹿般的眼睛，小小的脸上有一丝可怜神情，她在问，妈妈，我要回来，我可以回来吗？

即使在睡梦中，海萍都感觉到了一股酸楚气息从鼻翼一瞬间冲到了心脏里，漫卷成下坠的气流，让身体失重，于是她对朵儿喊：那么就回来，快快回来。

海萍在心痛中醒来。窗外的路灯光从窗帘缝隙透进屋来，身边的老公方园在轻微地打鼾。刚才梦中的酸涩气息似乎已溢满了房间。

天还没亮吧。海萍微睁开眼，心想，西雅图那边应该是中午，朵儿应该在学校里吃午饭了。住妈莫莉刚才来电话说她不爱说话，不会是不开心吧？应该不会吧。

在迷糊与清晰交错的思绪里，海萍回味着梦中女儿的声音，它犹在耳畔，让忧愁弥漫。她想，是朵儿此刻在隔空对我说话呢，还是朵儿又在想我了？还是那边有什么不妥？那边是几点钟？

海萍一向对母女之间的第六感有提心吊胆的敏感，于是思绪在这黑夜里迅速清晰起来，而刚才梦中带来的隐痛感还没从身躯里逸走。她拉了一下被子，在虚空中对那个让她牵肠挂肚的小身影说“回来，回来”，好似安慰宝贝，也好似在哄自己。

而另一边，她听见心里掠过一声嘀咕：回来？回来怎么办？

这是另一道闪电，它让睡意顿消。

海萍在黑暗中睁大眼睛，是啊，如果哪天小囡真的站在面前，泪眼汪汪地问“妈妈，我可以回来吗”，自己真的回答她“快快回来”吗？

忧愁像覆盖在身上的这床被子，绵密可感。海萍知道自己内心深处的担忧。其实从女儿出国第一天起，她就开始了这个担忧——害怕这小囡哪天突然开口要求回来。

这小人儿是海萍每天的朝思暮想，她虽心疼她小小年纪人在他乡，但更害怕她回来。

她知道，梦境中自己这么爽快地答应，恰恰是因为事实上无法答应得这么轻快。

窗外，一只夜鸟在咕咕地鸣叫。

海萍想，回来？回来怎么办？还进得了哪所中学呢？又去哪儿托人找门路呢？还跟得上这里课程的进度吗？还对付得了漫天考试和排名吗？还PK得了这里训练得像考试运动员一样的小孩吗？难道晃悠在家里？……

吊灯在黑暗中闪着幽幽的光泽，天花板仿佛低垂到眼前。海萍轻声说：宝贝，再坚持一下，妈妈知道。

3

秋天的风正掠过北美西海岸透彻的蓝天。

秋阳照耀着奈特利高中门前的大片草地。方朵儿从课间休息区敞开的玻璃窗，闻到了空气里有树林、海洋的气息。

这是中午时间，穿窗而入的阳光为休息区蒙上了一层明媚的暖色，映着满屋神情各异的孩子脸，金发、黑发、白肤、黄肤、黑肤，他们在说话、吃东西、拥抱、亲吻……喧哗声浪，汹涌着闹哄哄的青春气息。

方朵儿正坐在临窗一角，直披黑发，大眼睛，小脸蛋，灰色套头衫，有些瘦。

也有些不起眼。

但在奈特利高中一群12年级的中国小孩眼中，她可是一个被视作“学霸”的女孩。

对于“学霸”这个称号，朵儿其实觉得幽默，因为她知道自己在这儿成绩拔尖的原因：一是因为自己在国内为对付中考做了海量试题，对于考试已有一定的应对技能；二是国内中学理科难度比国外大，以自己在国内打下的理科基础，应对这儿的数学等功课比较轻松，于是可以将主要的精力花在英文、社会等人文课程上，后者也就有了起色；三是晚上在HOMESTAY与住妈一家人没什么往来，一个人待在小房间里没别的事可做，只有读书；四是不少同学在国内时成绩就较弱或者偏科或者不爱读书，所以一比，自己在这里就成了“学霸”。

虽没高看自己这“学霸”的称号，但朵儿出来留学后，确实感觉到了国内外读中学不一样的状态：在美国这边，应对高中课程、作业虽也挺忙的，晚上也常开夜车，但没有了在国内时的那种没命地与人比分数、拼名次的压迫感，没人钻牛角尖似的盯着自己的考试分数，没人整日因考试而忧心未来。在这里做作业有时做到比较晚，是因为查各类资料、分析陈述的需要，而不是因为明天要考试。在这儿，朵儿做功课之余，还能看看小说，刷刷网剧，逛逛街，周末跟着同学去西雅图、温哥华玩……再也没老妈老爸旁敲侧击“这次跌出前十名了”，“数学还只80分”，或者问“你跟哪个同学出去玩，那同学家里是干什么的”，甚至巴不得像俩看守远远地跟在后面。朵儿想，如果他们现在从中国盯过来，那么可以告诉他们：这里无论是考试分数，还是所谓的人生谋划，只要过得去，不算差，那就都算是好孩子、好学生，可没人钻牛尖角，非跑在最前面不可，就像这里的阳光特清亮，人知道开心才是前提，你们知道什么是人生的多元和宽容价值吗……呵，当然，她想象得到老妈海萍可没那么好被人说趴下，老妈会说，哎哟，小囡，所以啊，我们才让你来这里啊。

所以，在这个意义上，朵儿现在可不会简单、率性地向妈妈讨要“回家”。

的确如此，这一刻坐在午间休息区里，神情有些发怔的中学生朵儿，与妈妈海萍在大洋彼岸梦境里的情形有些不同，现在的她还没有想着回来。

如果说这一刻她确实想起了家，那是因为面前这份悲哀的午餐，以及与饥饿感一起正滚滚而来的郁闷。

这是一块冷硬的比萨。

在此刻满屋的明媚光线下，它像极了一块锈铁。

比萨上抹的番茄酱已经干冷，如果把它拿去物理教室的微波炉里热一下，可能会更干硬，更像锈铁。

但即便如此，它也来之不易。

这是她昨晚好不容易从住妈莫莉家的晚餐桌上留下来的。

这真是一个奇葩之家，至少在朵儿现在看来，自己还没彻底抓狂已属神经大条。

其实，对于朵儿而言，像昨天那顿只有自己没有煎蛋的早餐，还真是小事一桩，更让她不舒服的是，比如：住妈莫莉知道每天早上往自家仨小娃书包里塞点什么吃的东西，让他们在幼儿园、小学当午餐，却好像记不住寄宿在自家的这个中国女生也需要吃午餐。

其实，朵儿一年前由当地教育机构“留学生事务处”安排住进这家HOMESTAY的第一周起，她就不指望这家人会为她专门准备带去学校的午餐了，但在蛮长的一段时间里她是多么希望这家人能从前一天晚餐中留下一份给她当第二天的午餐，但没想到，连这也做不到。事实上，不少寄宿在清贫家庭中的同学就是这样带午餐的，这是最基本配置，但朵儿的这一家却做不到。

为什么做不到？因为每天不管住妈莫莉做了多少量的晚餐，一旦上桌，这家人总如席卷残云，吃个底朝天，他们好似永远不明白可以给这个外国女生留一点作为她第二天的午餐，也好像忘记了根据寄宿协议，这个中国学生带去学校的午餐需由他家提供，她的住宿费里已包含了此项。

对于这一家的晚餐，朵儿有如下观察：

一、住妈在COSTCO超市做收银员，每天下班后，先得去三个地点接仨小娃，然后赶回来做饭，所以时间比较赶，于是她大都用超市出售的半成品比萨饼坯烤一下（或者心急火燎地煮一锅意面，洒点番茄酱），就算主食了。这比萨饼或意面上桌，分成每人一块或一盘，就无所剩余了。

二、这家三个闹腾小娃食量较大，无论什么东西上桌，呼啦一下就没了。当然，如果朵儿不需要带饭，她也会承认这是仨熊娃的亮点，不挑食，什么都吃。住妈的比萨或通心粉永远是一个口味——番茄酱味，但这仨小娃从不抱怨。

所以，昨晚如果不是住爸巴德出差回来，意外地带回了一大份牛肉馅饼，莫莉做的比萨是留不下现在摆在朵儿面前的这一小块的。

这毫无疑问。

昨晚，朵儿见桌上多出了一份比萨，就飞快地把它盛进了自己的餐盘，才留作了今天的午餐。

所以它来之不易，虽然像一块锈铁。

此刻朵儿瞅着它，心想，今天它帮自己省了4美元。

是啊，否则朵儿就得像平时中午那样，去学校订餐部买汉堡、三明治或是寿司，每份4至6美元。

这样的计算，朵儿已娴熟于心了：由于莫莉家不提供午餐，自己每天就要多花4至5美元，一个月就近百美元，换成人民币不少了。朵儿知道妈妈海萍会心疼的，因为住宿费里本已算进了午餐。

我们可是工薪人家呢。朵儿的纠结也在这里。

这个年纪的中学生与大人其实心思是一样的，她想着的事，总想有个结果，尤其去年刚来这家HOMESTAY的时候，朵儿曾几次向住妈莫莉提过带午餐这事，她相信莫莉是听懂了的，因为莫莉答应晚餐多做点，但是，莫莉到底多做了多少，朵儿可没感觉出来，因为每天的晚餐依旧被一扫而空。所以朵儿也就不想说了，不好意思再说了，但心里因为这事没结果，她无法不在乎。

朵儿想，还有什么好说呢？是因为你太忙，顾不上，还是人省，还是无心，还是有意，还是看不起我是中国小孩？也可能都有，也可能你会说全都没有。但不管你怎么说，我心里有数，又不是就这一桩事，所以我不想说了，说了也没什么用，但别以为我不知道，正因为我知道，所以我不想跟你多说什么。

所以朵儿在这个家里言语渐少，尤其与住妈莫莉之间。

她最知道为什么我不想说话。朵儿心想，她还装作不明白跟我妈告状，好不好笑啊，幸亏我妈英语不好。

昨晚妈妈海萍与朵儿通视频时，说了莫莉来过电话。海萍这人有些主观，她问朵儿，你是怕英文说得不好，所以不太敢跟他们说话吧？朵儿，胆子要大，他们不会笑你的，要多跟住妈一家聊聊天，这对提高你的英语口语有帮助。

朵儿嘴上回答“嗯，是的”，而心里想，我现在明白了，一个人高不高兴说话，其实跟口语好不好一点关系都没有。

但她怕妈妈担心，连声答应，好的，我知道了。

“嗨，玛丽。”

一个穿连帽套头衫的男孩，从休息区那头向朵儿走过来，可爱地伸着一只手臂，来了个轻巧抛物手势，向朵儿晃了一下手里的东西。

朵儿笑笑，说，洛克，老奶奶又做好吃的了？

这个被叫作洛克的中国男生，大眼睛，面容灵气，长得蛮好看，挺像TFboys中的王俊凯的。

洛克说，那当然。

他手里的东西是一个红蓝双色饭盒，里面装着两块苹果派，精致、丰腴，溢着棕色糖浆，上面铺的烤苹果片像层层花边，还点缀了樱桃和草莓切片，有珠光宝气的质感。

朵儿知道他又来献宝了，他在得意他的HOMESTAY呢。另外，他这也是为了让她尝一下，因为他知道她家不提供午餐。

他就是这样好人。所以朵儿很配合他的心情，发自内心地叫了一声：“哇噢。”

人与人的运气是不能比的，每次在这个休息区遇到好心肠的洛克，朵儿都深深体会到这一点。比如，与自己的“奇葩之家”相比，这位洛克撞上的住妈竟然是一位厨师！

而且还是退休厨师老奶奶！有的是时间，和爱心。

这就使得他带来的午餐，哪怕是最简单的寿司，都漂亮到让奈特利一众中国小孩羡慕得快要昏过去。

洛克真是太好运了。当然，也可能是因为他可爱，到哪儿都招人喜欢，住妈喜欢他。

此刻朵儿对着苹果派，吐了吐舌头，像只小猴伸出手掌笑道，吃点。

洛克在她身边坐下，把饭盒递给她。朵儿从苹果派上掰了一小块往嘴里放，洛克说，拿一块去好了，我一块够了。

沁人心脾的甜美让朵儿瞪大眼睛，她对洛克惊呼道，哗，超级美味！

在奈特利高中，朵儿与洛克比较熟悉，上科学、数学、COOKING、微积分、计算机课程时常碰在一起，两人的强项都是理科，比较聊得来。但朵儿知道自己与这男孩还是有本质的差距的，这差距就是脑袋本身，怎么说呢，他应该是科学家的那种脑袋吧。

这小帅哥永远这么乐呵呵和好心，在这所学校里很有人缘。朵儿在一堆中国同学里比较喜欢他，知道他比自己早来奈特利一年，是从中国广东一所国际高中过来的。

但她觉得他的口音却像北方人，长得也不像广东人。

现在，朵儿咬着苹果派，心里在说“洛克，你真好运”，而嘴上就问了这个疑问：洛克，我有听见过你跟同学讲广东话，但你又是北方人的口音，你是哪里人呢？

她以前还从没问过他老家在哪儿，包括他的中文名是什么，这个学校的中国学生很少想得起来问彼此的中文名。有点怪吧，人到国外就是这样的。

洛克怔了一下，用有点搞笑的，又有点自诩的口吻说，我嘛，是蛮有来历的，真的，这里面还有个丹尼尔老师。

洛克一边拿起饭盒里另一块苹果派准备吃了，一边准备给朵儿讲讲他的丹尼尔老师。

但今天他没有讲成。

因为这当儿七八个女生正从他们桌旁走过去，她们看到了朵儿和洛克坐在这里乐呵呵地聊天。其实朵儿刚才也注意到她们了，她们是从休息区右侧的“国际学生办公室”走出来的，都是中国小孩，走在前面的高个漂亮女生穿着黑色短风衣，戴着黑线帽，她叫蒂娜，朵儿知道她的中文名是杨冰。

现在杨冰冲着他们笑道，嗨，洛克。

杨冰的眉目在生动地跳跃，神情与照进这屋子里的阳光一样明朗，她走过来，潇洒地一伸手，拿过洛克手里的苹果派，掰了一半往自己嘴里放，把另一半还给洛克，并问他，星期天你跟我们去看三文鱼洄游吗?

星期天? 洛克耸耸肩膀，说，蒂娜，星期天上午我要去社区做义工，教老爷爷老妈妈学英语。

他又扭头朝向朵儿仿佛求证道，玛丽，这个星期天我们得去蒙德社区英语班帮忙，是不是?

朵儿点头。她也在那个英语班做义工，还是洛克介绍过去的呢。这里的高中需要“义工学分”，比朵儿早来一年的洛克知道去哪儿当义工，所以带朵儿一起在蒙德社区英语班辅助老师教学，班上学生大多是随子女移民过来的中国老人。

朵儿笑着，问杨冰，嗨，你们去哪儿看三文鱼呢?

杨冰好像没听见，她在与洛克商量：那么，下星期天你有没时间呢?

朵儿微笑着听他们说话，但其实，这个英文名叫蒂娜的中国女生杨冰最近这一阵让她有些发怵。

因为她感觉到了近来杨冰突然对她变得有些冷淡，而原本两人是挺要好的朋友。这个开朗的漂亮女生，其实是奈特利高中第一个跟朵儿说话的人。记得朵儿刚入学的那天早上，在教室门口，杨冰笑着对她说，嘿，我是杨冰，也叫蒂娜，你的发卡很可爱，现在中国都流行这个吗？

原本两个人一直蛮要好的，朵儿还去杨冰家玩过。杨冰5年级就来西雅图了，她不住HOMESTAY，她与另外三个妹妹住自己家，她爸在这儿买了房子。

朵儿不明白最近到底是因为什么，杨冰突然对自己转冷了。即使朵儿主动搭话，她也爱理不理，顶多“嗯哈”一声。这也太怪了。朵儿觉得不太舒服，还因为学校里不少中国女生是听杨冰的（即使杨冰不是男生眼里的女神，那也一定是女生中的老大），也正因为此，朵儿感觉那些女生也与自己有些疏远了，她们眼神闪闪烁烁的，好像自己怎么了。

难道就因为我成绩比她们好？但也不会啊，国内女生们会在意这个，但在这里她们不会。

现在，杨冰在与洛克说话，她一直没接朵儿给她的笑脸。

杨冰看自己邀不动洛克去看三文鱼，就耸耸肩，说，好，那以后再找机会吧。然后，就带着那些要好的女生们一起走了。

洛克一口将半块苹果派塞进嘴里，笑道，我自己才吃了这么点。

朵儿说，谁让你这么好心，这下你可要饿着了。

洛克拿过朵儿面前的那块比萨饼，说，那我吃了哦。

他就把这块像锈铁一样的面饼一口一口地吃掉了。

在朵儿后来的回想中，她怀疑这一天后面发生的事，可能与分享这“锈铁”“苹果派”那种易使人误解的气氛有关，她像她这个年纪的女生一样，有点八卦地猜想：是不是杨冰对洛克有点那个？

这一天下午3点钟，学校放学了，朵儿背着书包，沿着操场后面的马路往公交车站走，她准备去那儿乘车，回HOMESTAY莫莉家。

今天朵儿快走到站点的时候，有几个女生“呼啦啦”地从她身后走上来，越过她，往前走，强劲的风势让她避闪了一下。

她们中当然有杨冰。

朵儿注意到，原先在她身后有说有笑的她们在掠过她之后，就没了声音，一个个一声不吭往前走。其中那个穿蓝色冲锋衣的米娅还回头看了朵儿一眼。

后来朵儿来到站点时，发现她们已经在那儿了。朵儿想跟米娅说话，刚开口问她最近有没有看《头脑特攻队》，杨冰就贴过来说，你说我什么？

朵儿一怔，她注意到杨冰发红的脸蛋上好似闪烁着无数小火苗。朵儿说，我没说什么呀。

杨冰说，你总在说我什么还装没说，当我傻瓜啊。

朵儿心里的火也在上来，瞅着她，说，我怎么你了？

杨冰伸手轻推了她一把，说，了不起什么呀，问个作业都不愿意讲。

杨冰这突然的举止和言语，让朵儿蒙了。杨冰又推了她一把，这次用力比较大，朵儿打了个趔趄。杨冰说，了不起呀，还有，别整天黏着洛克说我坏话。

朵儿心想，我哪有啊，原来是你喜欢洛克呀。朵儿伸手反推回去，脱口而出，你喜欢洛克啊？我和他又没什么，你去喜欢好了。

朵儿眉目间的锐利，让杨冰心里的火苗往上腾，杨冰攥住朵儿的手臂，使劲撞到了候车亭的玻璃板上。

在一旁等车的几位男生注意到了这两个女孩的争执，都“哎”地叫起来，把她俩拦开。

切！杨冰甩开手，瞥了朵儿一眼，带着同她一起的那几个女生穿过马路，往一百米开外的“星巴克”走去。

朵儿脸庞通红，脑袋里“嗡嗡”响：怎么了？怎么回事？她发什么疯了？

后来坐在36路车上，朵儿发现自己手背上有一块乌青，发闷的那种痛。

到沃尔玛站，朵儿下车，等换乘17路车，站台上没有别人，秋风吹荡，有些冷，面对车来车往的马路，她实在忍不住了，“呜呜”地哭起来。她手拎的方便袋落在地上，那个蓝色小饭盒掉了出来。她泣不成声。她发现自己在呢喃，“妈妈”。

4

三天后，临近中午时间，海萍正在李行长办公室里与领导谈话，她手机突然响了，电话那头是一个低沉的女声：您好，是潘海萍女士吗？我姓董……

海萍低声说，我有事，在开会。心想，可能是骚扰电话。她揿掉了手机。因为李行长跟她谈的事，与她关系重大。

这是一家国有商业银行上海分行的行长办公室，深棕色宽阔办公桌，长排书架，阔叶绿植，墙上书法作品“志在千里”……海萍是银行普通员工，平时很少来领导这儿。

李行长戴着眼镜，有些胖，他告诉海萍这次她竞聘上了，分行想派她去金山支行做副行长。

竞聘上了，这好像在海萍的意料中，但好像也在意料外，而去金山工作，则完全在意料之外。

竞聘演讲是三天前举行的。这次上海分行拿出了较多的部门副职，让员工竞聘，比如个人金融业务部、公司金融业务部、银行卡业务部的副经理岗位，以及青浦支行、金山支行的副行长等职位。

报名参加之前，海萍是有犹豫的，因为没把握。这样的机会，如果放在早几年，那么对于海萍来说胜算会更大一些，那时候她年龄更有优势，但那时候朵儿正一路小学、中学、中考，接送、补习、陪跑，海萍的精力全围着朵儿转，哪还有别的心思啊。人这一生，哪个年龄段，都有它不可抗拒的逻辑安排，而机会可不是这样，一晃眼，几年过去，如今这里是一茬茬年轻人，连90后都已经登场了，不少小娘子机灵、好强，学历也高，并且能说会喝，所以这两年竞聘上来的不少是她们。

以海萍的性格，没那种主动性，低调惯了，当群众惯了，安安分分地做好自己的那点工作，上班来人，下班回家，也还凑合。当然偶尔也会对自己在单位的处境有些在意，比如，那几位近年提拔上来的小娘子，收入比她高很多。她知道那些岗位虽然考核要求高，但以她在这里做了这么多年的业务能力、经验、资历，应付起来不会比她们差，只是她不会向领导要，不主动，没声没响的，所以每次单位岗位布局，她都会被忽略过去。

但这一次不一样，一则岗位多，连那些业务能力比她弱太多的都在报名，二则岗位年薪对她的吸引力比以前大，因为最近这一年部门经理年薪又列高了一层级，当然，工作压力也有所增加。

海萍想，如果一年奖金多十至二十万，那么朵儿的生活费不就有了，接下来，朵儿明年要开始读大学了，更需要钱。

这么一想，她心里就有些急切了，也更有些不平了，凭什么老实人每次吃亏，干活又没少。

这是人生到中年的压力。于是她就去报名了。

结果，竞聘那天，她的演讲很动人，因为给人实实在在、恰如其分的感觉，就像她这个人，平时不显山露水，但偶尔派给她做点什么事，别人就会感觉出她的靠谱来。其实私底下喜欢她的人也不少。

她在演讲中这么说："以前没来参与过，这次为什么突然来竞聘了？是因为女儿去了国外，自己有些时间了，女人到这个午纪，才发现一个女人最好的、适合做事的时间实在没多少，围着小孩、围着家里转，不转也不行，留给自己的时间少，而时间过去了就不会再有了……"

底下的很多女同事听出了共鸣，于是都觉得她该上。是啊，她早该上了，她比那几位张扬的看着就舒服很多啊。

果然，今天领导约谈，说投票出来了，票数很高呀，想安排她去金山支行当副行长，因为那里需要她的经验和资历，再说，另外那几位竞聘上的女同事家里小孩还小。

海萍心里喜悦、犹豫、纠结交错：去金山上班？这样的话，每天要转地铁、公交，花几个小时在路上折腾，累不说，家里也不可能顾上了，方园怎么想？

她有些心烦，但转念想：支行副行长，也是个机会，甚至从后面发展来说，必不可少。

所以，她对李行长说，很感谢领导，但还要征求一下家人的意见，因为上班的地方比较远，可能会影响到家里人的生活安排，我和老公两边的老人年纪都比较大，所以要征得他们同意。

李行长笑着点头，表示理解，说，好，你好好考虑，我等你的确定，这事也不急，要上任，也要到明年1月份了。

海萍从李行长办公室出来，走下楼梯，心里又有些不爽了：这次陈娜也上了，她的情况跟我一样，她小孩也在国外，为什么她可以不去金山而要我去？

这时，海萍的手机响了，接听，是一个女声：你好，是海萍女士吗？我姓董。

海萍想起来刚才在李行长办公室里接过她的电话，现在对方去掉了自己的姓氏直接称呼“海萍女士”，像是在营造亲切感。

海萍问，哦，你好，什么事？

电话那头的女人说，真的不好意思，我是方朵儿一位同学的妈妈，有些事想跟你讲。

海萍一愣，一边说“哪个同学的妈妈”，一边将朵儿初中、小学不少同学的妈妈在脑子里过了一下。

那头说，哦，海萍女士，我在你单位对面，我现在可以过来吗？我想当面跟你聊聊。

对面？海萍有些奇怪。透过银行落地玻璃门，她往外面看了一眼，中午时分的马路上，车辆、行人不是很多。

是的，我在你对面蓝江文化大厦下面，我马上过来。这个女声说。

她不仅知道海萍上班的地点，还好像掌握了银行中午吃饭休息的作息时间，她是谁啊？

海萍问，你好，是哪位家长，有什么事吗？

海萍现在心里有事，不太有情绪跟她会面。

海萍想，可能是朵儿哪个初中同学的妈妈吧，那个班级有个家长最近得了肺癌，“初中家长微信群”里最近在商量捐款。（这些小学、初中家长群，可没随各家孩子毕业而散伙，家长们至今还在群里交流信息，比如留学啦、选专业啦，有些谈得来的还经常在聚会，个把还想结亲家呢。）

海萍问，不能电话里说吗？我中午还有事。

海萍说的是实话，现在她急着想打个电话给方园，问他自己要不要去金山当这个副行长。

那头的女人有些执拗，说，只一点点时间，我过来了。

3分钟后，她出现在海萍面前时，海萍觉得很奇怪，不认识，没见过。

这是个与海萍年龄相仿的女人，在柔和地笑着，但气质的底子里是硬朗的，是属于那种穿套装、利落的女人。

事实上她确实穿着一袭烟灰色套装，项间系着一方蓝彩丝巾。

她伸手过来，握海萍的手，说，朵儿妈妈，不好意思，这件事实在不好意思，我们小孩不懂事，实在对不起，对不起啦。

她不停鞠躬的样子，使她像个日本女人。

海萍没明白她在说什么，看着她满脸惶恐和谦卑，很是傻眼了。

这女人说，我小孩因为一点小事，与你们家朵儿发生争执了，还推搡了，把朵儿弄痛了。

海萍听清楚了她的话，但一下子对接不上。朵儿不是在西雅图吗?

海萍问，推搡?你们小孩是谁呀?我女儿在西雅图哪。

这女人说，我女儿也在西雅图，在奈特利中学，她叫杨冰。

这下海萍明白了，但心里还像在做梦，这女人说朵儿跟同学在那边闹矛盾，什么时候的事?朵儿怎么没发微信跟我们说?

海萍问，怎么了?闹什么不愉快了?

因为双方孩子都是女生，哪怕这女人提到“推搡”这个词，海萍也没想象出程度厉害的画面。

这女人嘴里还在忙不迭地道歉，看得出她替自家小孩觉得有多对不住。

她说，朵儿妈妈，就是大前天的事，伤倒是可能没有，女生之间的拉扯，也不会有多大的力气，只是我们女儿个子比较大，可能有点蛮，把朵儿弄痛了，实在对不起。

她说得吞吐，海萍倒是踏实下来，一是女生拉拉扯扯，不可能是什么真的打架；二是对方挺有修养的，放在咱们中国这里的话，有些小孩打了同学，家长还不认呢。

于是海萍放缓口气，反过来宽慰道，你是怎么知道的?我怎么不知道呢?小孩嘛，还都是小孩，闹闹别扭，说不定过两天就好了。

哪想到这女人抬起头看着海萍，脸上是小心翼翼，说，是学校打电话过来反映这个情况的，学校是当回事的。

这让海萍一怔，问，为什么打架，学校没说吗?

女人叹了一口气，说，据说主要是跟问作业有关，还好像说跟有个男生有关，我想不会是那个男同学两个女孩都比较喜欢吧？唉，怎么说呢，应该说是我们家的这个不对……

啊？海萍呆住了。这事一下子让她觉出不对劲了，是啊，要不这个妈会上门来吗？

什么情况？海萍心想，问作业？小气了不肯告诉同学？男生？别是交男朋友了？还打架，还被人打痛了？学校反映问题来了？什么情况？

海萍几乎想立马打开手机，赶紧找WIFI，连线，追问朵儿。

那女人瞅着海萍变化了的脸色，连声说“对不起”：朵儿妈妈，是我们小孩不对，没教好，我看是我家那边帮管的人有问题，没管好……

海萍问，是你们住的HOMESTAY？

她说，不是，我们小孩住自己家，你看看，其实我也跟你一样傻眼了，连学校都打电话、发邮件过来了，说我这个女儿因为同学间的小纠纷而生事，我都傻了，我从来不作兴小孩这样的，我们小孩原来是很乖的、很好说话的那种，你看看，现在成这样了，你说说，那边看管孩子的人有看好吗？还说看得很好呢，这样的人能看好吗？朵儿妈妈，实在对不起。

她嘴角轻撇了一下，接着说，不仅没看好，还以为不要紧，开什么国际玩笑，我就知道北美地区对这种学校里的打闹事件是看得很严重的，这不，电话都打到国内来了，我也不知道后面会怎么处理，校方说还需调查，让我先对小孩进行心理教导，而以我的感觉，如果严重的话，小孩可能会被学校警告，朵儿妈妈你知道吗，三次警告小孩就将被遣返……

这样啊？海萍失声说，朵儿是怎么回事？学校为什么不跟我联络?

女人说，朵儿没事的，错的是我们，是我们杨冰先推搡她的。

现在海萍开始心疼女儿了，她还一下子想到了前些天在美国开庭的“加州中国小留学生欺凌同学案”，心里就乱了。她想，原来朵儿是被人欺侮了，真的没伤着吗?

而这女人，犹豫了一下，好似求情，对海萍说，如果那边接下来再来调查了解，朵儿妈妈，能不能让朵儿帮我们说说，说我们杨冰认错了，会改的。朵儿妈妈，否则我们杨冰会被送回来的，她前面已经有一次警告了。

现在海萍明白了，这个家长挺有修养是有原因的，是在私下商量，想淡化摆平这事，因为担心学校继续调查。

海萍嘴里嘟哝道，我得问下朵儿这事。而她心里则是不痛快的。她想，如果真的有事，家长这样商量，也是违反那边规则的，媒体不是说“小留学生欺凌案”中有这样的情况吗?

海萍脸上的神情似乎暴露了她此刻的想法，这女人突然就哭了，她站在银行大厅墙角的立柱旁，泪如泉涌，她呢喃道，朵儿妈妈，要帮下我们的，我们错了。

她还说，那边看孩子的人有问题，这样的人能看孩子吗?

5

这个女人说她叫董胜男。

她没说她的职业、家在这座城市的哪里，只透露了她有一个女儿杨冰，也在遥远的奈特利中学。

后来她从银行大门出去后，海萍赶紧来到银行三楼小会议室，这里有WIFI，并且没人。

海萍打开微信视频，“叮叮咚”，向朵儿发出连接呼叫，但朵儿那边没回应。

这个时间点，朵儿应该在HOMESTAY她的小房间里做作业，也可能小房间信号不好。

海萍想，也可能她手机在充电，或者在洗澡，所以没听见。

海萍心急如焚，联系了半个小时，但一直没等来朵儿的回应。银行午间休息时间结束了，她只好下楼去上班。

接下来的一整个下午，海萍在柜台上都忙碌得无法停歇，而耳畔“叮叮咚”仿佛一直在响，不安和疑惑时时浮上心来。

于是这个晚上，方园下班回到家，就面对了海萍摊在他面前的这份疑惑和焦虑。

方园的表情是一样的惊讶，啊，朵儿吃亏了？问作业？不肯讲给人家听？小女孩就这么小气？争风吃醋？还这么小的人哪，喜欢男生了？怎么可以啊？

夫妻俩在分析这事的过程中，心里越来越毛。纠纷？小心眼？男生？早恋了？推搡，这不就是抢男朋友吗？那边还真的是这样开放啊，女生要抢男朋友的？这是什么中学啊？

他们恨不得立刻赶过去问，朵儿，这是怎么了？受伤了没有？

他们恨不得立刻让学校警告那个先动手的女孩，你以为在国内啊，想欺负人就欺负？

这个时间点，西雅图那边已是半夜，朵儿应该睡着了，所以他们没视频连线朵儿。

海萍想起了中午时董胜男哭泣的脸，现在觉得她蛮精明的。

海萍对方园说，原谅？她女儿她没教好，危机公关倒是做得挺快的，她女儿被家里宠成了“霸王花”，万一朵儿心理受影响，要她负责。

方园的想法却与海萍不一样，他说，如果事情不是太严重，还是淡化的好，否则变成了一个事件，众目睽睽的，也会影响小孩心情的，朵儿一个人在那边，还是太平一点好。

海萍说，那也不是你想淡化就淡化，你以为是在我们这边啊，由你们自己说了算？

她想到了董胜男说过她家在西雅图是有HOUSE的。她说，那些有钱人还以为是在国内，什么事都可以摆平的。

虽然海萍对“淡化”其实也理解，但对这一点蛮不爽。

夫妻俩越想越急，再计算那边的时间，是早晨5点，待会儿朵儿就醒了，然后匆匆起床，就要搭车去上学了……这样看来，一大早不该让她心乱，那么，就留待她今天放学回家后，再与她谈。

夫妻俩盘算朵儿那边放学后适合长聊的时间，正好是上海的中午，而中午海萍方园都在单位里，那么，就请假赶回家来吧。

这么想妥之后，海萍给朵儿发了条微信：今天放学后，妈妈爸爸要跟你视频通话。

办妥这些，海萍感觉好像还有什么事没做完，一下子又想不起来。等到洗脸刷牙时，才想起今天本来还有一桩事要跟方园商量，那就是自己可能会有一顶小“乌纱帽”，但得去金山支行上班，去不去呢?

她问方园。

方园也是单位里的群众，他有些高兴老婆升职了，但是如果每天在市区与金山之间赶来赶去，那也是辛苦的。

他拿不定主意，就说，要不再想想，到底去那儿有什么实惠?

是的，今晚心里好像已没空间想这事了。与大洋彼岸女儿的麻烦相比，其他的好像都不那么紧急了。

6

一只海鸥从窗前掠过去，在暮色中像一片轻捷的纸片，窗外的树木被迅速暗下来的光线修成了剪影。

朵儿坐在自己房间的窗前做作业，小书桌上亮着一盏台灯。

朵儿的小房间位于莫莉家二层楼的最外侧，靠近扶梯。房间里只有一张床、一张桌、一把椅子，许多衣服垒在床边，因为衣柜太小了，放不下。

朵儿做了一会儿作业，想到今晚爸妈要跟自己通视频，就站起身，准备先去浴室洗澡。

昨天晚上妈妈视频呼叫她时，她在洗澡，没听见。今天早上看见妈妈发来的微信。朵儿不知道爸妈找她有什么事，因为平时约定的通话时间都是星期六晚上，上海那边正好是星期天中午。

朵儿拿起换洗衣服，走出房间，顺着幽暗短窄的过道，往扶梯方向走。浴室在楼下。

现在朵儿听见仨小娃在餐厅那头吵闹。这仨小娃让她心烦。当然刚来的时候也喜欢过他们，外国小孩，金发，蓝眼睛，像洋娃娃一样，多好看啊，但一天天下来很快就被他们烦透了。

因为他们老是来捣乱，比如在她做作业的时候，溜进她的房间，从后面“啪”地推她一下，然后跑掉，希望她来追他们，或者来抢她绘着图的纸，嚷着自己也要画。

中学生朵儿自己其实也还是小孩，她不会并且也没时间、精力哄小娃，所以心里就恼，而仨熊娃却好像从惹姐姐恼火这事中觉出了乐趣，并因此玩得更HIGH。他们这是在作弄人呢，还是因为没人陪玩所以喜欢她?

朵儿的恼火还在于，住妈莫莉住爸巴德压根儿不管这些小孩围着她吵，好像压根儿不在意自家接收的这女生读书需要安静。

刚才朵儿在做作业时，查理就“啪嗒啪嗒”跑到她的房间来，要爬到她的床上去玩，而杰克趁机进来翻她的书包，想找那只“天屎”钥匙扣，结果俩熊娃被她拎起来，关在门外。朵儿希望等会儿与爸妈通话时，熊娃们可别吵着要进她的小房间来。

朵儿走到扶梯口，在小孩的嬉闹声中，她还听见了住爸住妈在他们自己的房间里争吵。

在这个家，住爸巴德先生多数时间像个影子，他是附近一家货运公司的司机，经常出车去洛杉矶、旧金山、温哥华。不出车的晚上，他不是沉默寡言地待在沙发上盯着电视体育频道，就是在看手机，仨小娃似乎也知道老爸是个闷人，所以很少缠他。只有当住妈莫莉与他争吵的时候，他突然而发的暴躁之声像雷鸣一样在屋子里滚动，你才会注意到他的存在。

每逢这时，朵儿总是感到心悸和难堪，不知自己这个寄居者，是装作没听见呢，还是去劝一声？装作没听见是不可能的，在这么个房子里怎么可能没听见这般风暴袭过呢？而劝，她这个中学生更是不知如何劝起，因为这两口子在争执的，除了关于小孩，还有花钱、家务，以及挣钱少。

住爸巴德其实是一个很英俊的男人，但他心不在焉而又略有心事的沉默样子，会让身边的人着急。住妈莫莉是个上班忙碌、下班持家、快累喘了的女人，她对他可能有些心急吧，比如有一天朵儿听见她在骂他：我们总不能永远租房过日子吧，你爱我吗，爱我吗？

他们这HOUSE是租来的，为了减轻点房租，所以他们也做HOMESTAY接收外国学生。有时候在住妈住爸的争吵声中，朵儿会忍不住同情住妈莫莉一点，虽然自己不喜欢她，但同情还是有一点儿。看着她那忙乱的样子，朵儿有时会想，莫莉起早摸黑的，最初嫁给他是看他长得好看吧？

此刻，朵儿拎着装有换洗衣服的塑料袋，走到了一层。

现在她听见在这吵闹声中，还有一阵阵摇滚乐从一层顶头那间小房间里传来。朵儿知道那里住着一个来自巴西、头上扎着许多漂亮小辫的女生，名叫布兰妮。

布兰妮与朵儿年纪相仿，不同的是，她是来这里的高中作两个月的短期访学。在朵儿看来，这其实是来西雅图玩。确实，布兰妮平时总是在外面玩，或者带同学来这里聚，他们在这里聚会的时候，音乐声大到让朵儿明白了巴西人为什么爱跳舞，因为那种音乐让人血液都在燃烧。当然，他们聚得多了，也吵到了朵儿写作业。

今天朵儿走到浴室旁时，住妈莫莉突然从楼上下来了。

她是不想跟老公吵了，于是甩手而下，脸上还带着怒气。她看见了正准备洗澡的朵儿，就没头没脑地说，嗨，玛丽，从今天起，洗澡不能超过10分钟。

在幽暗的过道里，朵儿看着莫莉红通通的脸，呆住了。

莫莉说，你每次洗澡花太多时间了。

对于朵儿的洗澡时长，莫莉有意见，朵儿是知道的，因为小女孩妮可告诉过她，妈妈说你洗澡时间太长了，妈妈在给我洗澡的时候这么说。

现在莫莉亲口在说这事了。

朵儿有些发蒙，她注意到了莫莉的脸上还带着刚才与老公吵架的余怒，所以显得很严厉。

朵儿没吱声，但向莫莉摊了摊双手。

莫莉以为这女生没听懂，就伸出手指，做了一个数字10的手势，说，10分钟，够了。

朵儿看见三个小孩子这时像三只小猴，正从扶梯上方探着脑袋看她们。他们中的妮可学妈妈的样子，也向她伸出手指，做了一个10分钟的手势。

朵儿说，啊，10分钟？不够洗头发。

莫莉说，我都够了，你怎么不够？

朵儿心想，这奇葩这么省。于是说，我平时洗澡也没花太多时间呀。

莫莉皱眉，摇头说，太长了，有时都超过半个小时了。

突然，朵儿感觉手里的衣袋被人一拉，抢走了，是杰克。杰克像个小疯子一样咯咯地笑着，往楼梯上跑。朵儿伸手去拉他衣服，心里恼火，没觉得这有什么好玩的，一点都不好玩。

杰克已跑到了扶楼的上端，像只机灵小猴，唰地攀在上面了。仨小娃在咯咯地笑。

莫莉向杰克摇手，说，拿下来，杰克。

杰克没理妈妈。

有什么好玩的，别以为这是在你们家，就可以这样作弄外人。朵儿心想，她扭头不理这熊娃，继续对莫莉说，10分钟洗头发不够的。她抚了一下自己的长发。

莫莉看着她，摇头，坚决地说，够了。

小心眼。朵儿用中文嘀咕了一声。

朵儿对莫莉说，最少得15分钟。

莫莉摇头，指了一下扶梯上的小孩，说，每天晚上你洗澡花那么长时间，然后上楼走动，吵到查理睡觉了。

朵儿眼圈都红了。那仨小娃在扶梯上摇晃她衣袋的声音，让她委屈到想哭，她想，你家既然这么嫌弃外人，那你们向教育机构申请做HOMESTAY干吗？

朵儿有些倔了，说，15分钟。

莫莉看着她，眼睛转了一下，好像想到了一个折中办法，她指着一楼右侧的一间空屋，说，要不，这样吧，你搬下来住，多洗10分钟，这样也吵不到查理了。

她在谈条件。

朵儿瞥了一眼那间房，它比楼上自己的小屋要大一点。朵儿心想，搬就搬，搬下来没准还清静点，省得仨个熊娃老是窜进来，省得老是听你们吵架，虽然一楼光线比较暗。

于是朵儿点头，说，好的。

莫莉说，那么多洗10分钟吧，还有，要记住，每次洗完澡后，要打扫好，擦干浴室地面。

朵儿感觉眼泪都在眼眶里打转了。她听见莫莉在对扶梯上的杰克吼："把玛丽的衣服还给她，听见吗?"

她听见莫莉不耐烦地冲上去，把衣袋从杰克手里夺过来，杰克在哭了。

这个晚上朵儿洗澡的时候，一直在哭。

泪水与水流在一起流淌，她在水声中大声说，我要换HOMESTAY。

后来，她听见门外有人小声地敲门。她侧耳听，是妮可。这个小大人，她是提醒自己时间到了吧。这小女孩，人小心细，感觉比她妈还操心这个家。也可能穷人的女儿早当家吧。这小人儿在朵儿面前，有一种奇怪的主人优越感，也不知是从哪里来的，比如，妮可在餐桌上说冰箱里的草莓酸奶是她的。朵儿知道她这么说是因为刚才她看见自己拿了草莓酸奶。再比如朵儿喜欢吃牛油果，从厨房拿过几次用来配饼干，妮可就说自己也喜欢，所以也是她的。最让朵儿火大的是，这小人儿还老模仿她的口音，以示她英语有口音。

朵儿没理门外的声音。对着门，吐了一口唾液。

后来朵儿蹲在浴室里一边擦地，一边想，你们也没多爱干净，这个家有这么干净吗？

是的，这个家一点都不干净，这个家就像一个刚打完仗的战场，凌乱、蒙灰，杂物随地堆放，确实像战场，而且是无心再战的战场。

朵儿心想，莫莉，你去看看你们家的冰箱吧，你怎么不打扫好，擦干净？

那冰箱是朵儿心里的惊惧。每次打开门去拿牛奶时，冰箱内侧隔板上的霉花，以及一些食物上的霉斑，让她害怕它们最后都被这屋子里的人吃下去了。

朵儿擦着地面，泪水在滴下来。在这浴室里，她大声说，必须换，搬走，否则不读了。

到晚上8点钟的时候，妈妈海萍爸爸方园的视频呼叫来了。

朵儿已经坐在了自己的小书桌前，收拾好了哭泣过的面容，让自己笑着，让他们看不出来刚才受的委屈。

朵儿接通视频对话，就看见了爸妈的脸在晃动，那边是中午时间。

她还看见了家里熟悉的客厅：天花板上的吊灯、墙壁上的装饰画……它们仿佛散发着一缕缕暖热气流，穿屏而出，让她鼻子发酸，想依偎而去。

她对着他们笑，问，老妈老爸，你们没上班吗？

爸妈的脸庞挨在一起，凑成手机里满满的一框，他们在说，没啊，正在家里，朵儿你还好吗？

今天又不是星期天。朵儿有些奇怪，嘴上说着“我很好的”，心里却在想：他们有什么事呢？可能是要关照我选什么大学专业吧，这是他们最近盯着的事。

老妈海萍神情急切，她问，朵儿，你不是被同学打了吗？

朵儿一怔，没啊。

有没有伤着？

什么？

不是有个叫杨冰的，与你闹矛盾了吗？

这你们也知道了？朵儿对他们晃晃头，说，还好啦，没多大的事，就推了我两下。

有没有伤着？老爸问。

没呀。

真的没有？爸妈睁大着眼睛，脸上像笼着一团乌云。

手上有点乌青，现在都退了。朵儿说。

给我们看下。

喏。朵儿向他们一晃手背。

手机屏里，爸妈脸上情绪激动，他们在问，怎么不是多大的事？你那同学怎么可以这样！到底发生什么了？

朵儿想起那天车站上杨冰气急的脸色和那副拽样，心里有气在升起来，就是啊，这“霸王花”，也不知这朵奇葩到底在想什么。

而她嘴里却说，因为一点小事，那人偏激了。

爸妈追问：到底是什么事，那个杨冰这么蛮？学校都联系她妈妈了。

她妈妈？朵儿心想，难道是杨冰妈妈告诉他们的？怎么可能，她妈居然找到了我爸妈？

朵儿轻甩了一下头发，笑着宽慰他们道：真的没什么大事，就是推了我两下。

爸爸方园叫起来，朵儿别骗我们！人家家长是很郑重其事来道歉的，不会没什么事的，否则学校不会找她家长。

海萍和方园很知道这个女儿去了那边之后懂得报喜不报忧，这么个小孩就晓得这点了，想想都心疼，所以，现在必须盯着追问。

他们的头凑在手机屏里，眼睛直愣，像一对忧心忡忡的夜鸟。

于是朵儿说，哦，我初中老同学岳丽星期天从蒙特罗中学过来我这儿玩，我给她看了手背上的乌青，结果她在朋友圈发了微信，为我不平，她有同学转发了，结果就被传回我们学校了，所以学校就过问了，但现在好了，喏，现在乌青都没了。

朵儿又向他们晃了一下手背。

但对于方园和海萍来说，这事可不能这么轻易就过去。他们异口同声地问，学校态度怎么样？那个女生跟你到底为什么事？

朵儿只来得及回答第一个——“学校问过了，不知道会怎么批评她，可能还好吧，事情不大嘛”，就被妈妈海萍打断了，海萍单刀直入地问，到底是因为问作业呢，还是因为一个男生？是男生吗？

朵儿脸红了，摇头说，不知道她，反正我不是。

妈妈急冲冲的语气，好似穿过手机屏幕，涌到了朵儿面前。妈妈在说，朵儿，我们是读书来的，朵儿，我们不能谈恋爱的。

朵儿连忙摆手，不耐烦地说，我又没。

爸爸明显拉了妈妈一把，可能他感觉她太直接，他说，朵儿，我们小小年纪出来读这点书不容易，妈妈爸爸和你都吃了苦头，所以要一门心思在读书上，否则就不值得吃这场苦了。

朵儿懂他话里的意思，连忙回答说，我知道，但没有这事的，你们太八卦了。

妈妈还在问，哪个男生啊？

朵儿真蒙了，嘟哝，那个男生跟我有什么关系啊?！是杨冰可能有病。

她这么说，让妈妈又感觉到问题的复杂性和严重性了，妈妈说，你那边环境与我们国内不一样，要识得人，特别是有些同学，那种富二代的，没心思读书的，跟我们不一样，要离他们远一点。

爸爸在一边呵呵笑起来，想缓解一下紧绷着的气氛，他说，对啊，朵儿，在那边爸妈可没办法给你把关了……

朵儿说，知道。心说，OMG，还要来把关啊，好像我什么都不懂。

爸爸说，哪怕现在与谁谁谁很要好，也要识得人，防人之心要有的，我们家的小孩一直就只是读书，比较单纯，慢慢要留点心眼，有些小孩去那边是混混的，不和他们搭伴。

朵儿知道他说得对，但心里有点烦了。他们不放心的样子，让她心烦。

妈妈说，那个男生也要离得远一些，人家要谈恋爱让他们谈去，这不是在中国，没老师管着这事。但我们朵儿懂事，我们是来读书的，每年花20万，我们不可以早恋的。

妈妈说这些的时候，朵儿眼前闪过洛克的脸，她想，天哪，他还不知道人家把他视作了早恋男主吧，这是哪一出啊？无论是杨冰还是爸妈，都太可笑了。

朵儿说，我不是说没有嘛，妈妈，真的没跟什么男生闹绯闻，我单身！

妈妈感觉出了女儿的不好意思，就想到了另一个话题，她说，还有，对于这件事，也别声张了，如果校方来了解，最好淡化，我们是女孩子，不喜欢事儿多。

朵儿懂，其实她也怕被人关注，好在这事除校方过问了，这两天也没多少同学议论了，尤其西人同学可能还不知道，除了那几位杨冰的死党们这两天不太搭理她。

现在爸爸放轻了口吻，说，安安静静才能读书，朵儿，咱们再熬过大半年就可以上大学了，这阵子咱们的重心就是选择专业，申报大学。

提到专业，爸妈一下子就转向了这个话题。

他们问，朵儿，这两天想好读什么了吗?

想好了，心理学。朵儿回答。

心理学，为什么选这个? 两张脸又挨到了一块儿，在手机屏里齐声问。

朵儿知道他们不认同。

但她不喜欢他们这样的话语方式，因为这使她感觉只要是她选的他们都认为不对，因为他们已想好了让她学什么。

朵儿就说，因为我想对照一下自己心里的病。

对面的爸妈好像瞬间愣翻。这让朵儿有些想笑。

爸爸说，心理学这个专业太窄，就业面不广，再说，这个专业对语言沟通能力可能有要求，英语不是咱们的母语，以后在美国工作的话，语言表达和文化差异永远是我们华人的短板，所以啊，朵儿，学这个就不太有竞争优势。

妈妈笑了一下，说，怎么你们这些小孩都喜欢心理学? 朵儿，你以前初中那个班的家长们最近都在群里纳闷，为什么自家小孩都想读心理学？也真是怪了，无论在国内读高中的，还是在外面留学的，都说要读心理学。

朵儿撇了撇嘴，说，那当然，因为他们也想对照自己心里是不是有病。

爸爸可没觉得朵儿这话有多好笑，他有些皱眉，他在回答妈妈的问题，他说，那只是这些小孩在这个阶段似懂非懂，对人的心理好奇罢了，但其实，做心理研究是很枯燥的，哪有这么好玩，学这个专业以后找工作也不容易，哪怕回来也不好找工作。

朵儿问，为什么？

呀，咱中国人可不太看重心理问题。爸爸笑了笑，说，心理上的事我们这边以前都不太当回事，即使当回事，咱中国人心里的事也太多啦，要看也看不过来啊。

朵儿没笑，她不太明白他在说啥。但她知道爸妈在强调选专业与找工作的关系，其实这也不是今天的新话题了，已经唠叨了好久了。

所以，朵儿知道他们接下来要引导的方向是——商科、计算机。

果然，他们开始说“商科和计算机”了。他们的逻辑一如既往：哪里都需要会计、计算机工程师，再小的公司也需要，所以好找工作，所以要读商科和计算机。

朵儿对他们嘟起嘴，表示反对。

其实朵儿也没多喜欢心理学，但她不喜欢当会计和计算机工程师则是肯定的。

她对爸妈嘟哝道，我不喜欢，我不喜欢算账，我学计算机也学不到最好，因为我比不了那些男生，我不是男生。还有，我又不想在这里找工作，我要回上海，去上海工作。

她这么说的时候，听见了熊娃查理在拧门把手，想要进来。她回头看了一眼，心想，有病啊，说我晚上洗澡吵到他睡觉，怎么不说他吵到我呢，吵到我通电话，吵到我做作业。

朵儿像个小孩，对正跌跌撞撞进来的4岁查理心烦意乱，由此她脑海里突然掠过刚才浴室的水流，自己的眼泪，悲催的午餐，吃到要吐了的番茄酱比萨意面，杨冰的冷脸，妮可模仿自己的口音，住妈住爸开吵的声音……她扭头又回望了一下身后已敞开的房门，心里憋闷。这里有什么好的？她感觉眼前无边的茫然在升起，好像漫长的无助在这间屋子里弥漫，而屏幕里的他们却看不见，他们哪看得见啊。

于是她对他们嘟哝道：这里有什么好的？我不想在这边找工作，我要回上海！

爸妈脸上掠过古怪的表情，他们支吾着，好像不知该说什么。

稍停了几秒钟，爸爸说，朵儿，要不你最近问下你米娜表姐，她在斯坦福大学已读了好几年了，会比较清楚像你这样的读什么专业好。

妈妈显然觉得这主意不错，也跟着说，你也可以问下方芳姑妈呀，她在外面待了这么多年，最知道了。

朵儿感觉这屋子里有些闷热，她瞥见查理笑眯眯地伸手去拉床上的小猪抱枕，她从敞开的房门听见住妈住爸又开吵了，她想到明天还要搬到楼下去住……她心里无限低沉，就转开了选专业的话题，问妈妈：妈妈，我圣诞节能回来吗？

海萍有些意外，说，再熬大半年就是暑假了，那时你已经被大学录取了，你暑假回来我们去旅游。

朵儿嘟哝，好几个同学圣诞节都回去的。

海萍没来得及想，为啥懂事的女儿今天说着说着突然提圣诞节想回来。

她劝女儿，圣诞假时间太短了，来回机票要1万块钱呢，不划算。

她心想，朵儿又不是不知道圣诞假期才两个星期，扣去路上来回四天，还不够倒时差呢，小孩以前可不这么撒娇。

海萍没答应，还有一点理由她没说出来，那就是担心女儿这么个中学生在路上折腾不安全，自己心里不踏实。

所以，她没答应。

后来，在海萍的回想中，这是女儿去美国后第一次突兀地说要“回来”。

它与梦中出现的具体情境虽不太一样，但“回来”，这字眼和情绪，是一样的。

7

方园QQ连线在美国的妹妹方芳。可她不在家。

他就给方芳发了条微信：朵儿读啥专业好，你再给点建议。还有，你请女儿米娜给朵儿吹吹风。

三年前因为朵儿留学的事，方园方芳兄妹俩曾有过分歧和不开心，但随着时间的流逝以及隔着万水千山，这份彼此的不快渐渐转化成各自心里的忐忑，之后，慢慢地淡去了。

当然，如今方园偶尔也在心里对妹妹这样说：怎么样，方芳你现在看到了吧，在国内像我家这样的中等生，如果不早点对接海外高中，怎么可能去申请世界名校呢？所以啊，一家人同心协力吃点苦，是必须的，不付出什么都得不到，那些送小孩出去的人家都是会算的，算来算去还是决定“小别离”，让小孩出去读，那是没办法，也是办法。

他相信妹妹方芳现在对这一点已有所明白。

所以最近这一年，他与妹妹时有联络，比如咨询申报学校和专业的事。

现在妹妹方芳呢，在这个问题上也很热心。她的建议非常明确：最好读商科和计算机，因为好找工作呀，如果想在北美留下来，就尽量别选那种虚飘飘的专业，哪怕它听起来有趣；也别选那种对语言交流、文化心理特别有要求的行业……所以，最稳妥的是财会和计算机，技术活嘛，即使不善言语。

妹妹的这些观点方园已心领神会。他今天联系妹妹，最主要的还是想托她关照米娜向朵儿吹风，因为他知道自家小孩主意是蛮大的，这个年纪也比较逆反，哪会喜欢结结实实的东西啊，喜欢的是“远方和诗”，大人说多了反而会抵触，相反，他们会更听同龄人的话，小孩是看样的。

方园知道外甥女米娜读的就是商科。

方芳是在去斯坦福大学的路上，看到哥哥发过来的这条微信。

从湾区自己家开车前往女儿米娜入读的这所学校，并不是太远，一个小时不到的路程。

方芳在马路上等红灯的时候，看了一眼手机，就看到了哥哥的托付。哥哥的焦虑让她这一刻生出比较强烈的感慨：是啊，都是为了将来能在这里工作。

方芳由此眼前掠过了自己这20年来与老公季平原、女儿米娜在这异乡打拼融入的情景：读书、找工作、安家、育儿，然后终于落下脚来……这一番艰辛，就像此刻这条自己正飞奔而过的马路，切实，具象，每一米都掠不过去。

她眼前还掠过哥哥方园、嫂子海萍、侄女朵儿的脸。一代代人接踵上场，从彼岸到此岸，从此岸到彼岸，各怀无法言喻的心思，仿佛循环不息。

此刻在这条阳光照耀的马路上，方芳有些伤感，何况她今天心里本来就有烦事。

因为，此刻她要去大学劝阻女儿米娜回国。

现在可以看见校园外围那些葱郁的树了，方芳又瞥了一眼放在副驾驶座上的手机，心里闪过哥哥方园微信里的字句，她想，这条微信不就是劝女儿的最好依据吗？

她想，你看人家这么不容易都要来美国读书，而你已经在这里了还要回去，你说好不好笑？

方芳眼下的心烦意乱，是因为一周前女儿米娜的决定所致。

米娜告诉她，自己要去上海一所大学做5个月的交流生。

米娜说，有学分的，在巴黎、上海两所大学之间，我选择了上海。

这令方芳脱口而出，这哪能行，上海最近雾霾这么大！

于是，在随后的这些天里，方芳的忠告像一波波浪潮向米娜袭来，这让米娜怀疑妈妈是不是这些年其实一直生活在国内，要不然她从哪里搞来这么多个担心的理由：怕空气，怕牛奶，怕食物，怕穿马路，怕……天哪，要知道，自己小时候就是寄养在上海外婆家的，从1岁到6岁，还读了上海的幼儿园，那时候还是小baby不也过来了吗，不是好好的吗?

米娜可听不进妈妈的理由，因为米娜也有自己的理由。

于是她干脆不理会妈妈在电话里的大呼小叫了，她说，我要去，我是大学生了，你看看人家老外爸妈，谁像你管得这么多?!

方芳坐在学校的草坪旁，等女儿从图书馆过来。

秋天上午的阳光落在草地和树木上，是明媚的一片光影。方芳略暗的脸色、不加修饰的发型，与她穿的蓝黄色冲锋衣，构成一个忙惯了生计、不拘小节、已融入美国随意着装风格的中年主妇形象。

方芳举起手机，照了照自己的脸，心想，早上出来的时候应该化一下妆，女儿会在意老妈来学校的形象的，可惜出来急了，没顾上。

刚才方芳打通电话时，已感觉到了女儿的不耐烦。

其实，从入读这所大学起，米娜就严禁爸妈经常过来看自己，原本她想去美东地区读大学，那里名校云集，但爸妈认为，还不如在加州家门口好，这样方便，因为以后找工作多半在加州湾区，这里有名的世界级IT公司众多，机会多，在这里读大学，人脉也在这里，去公司实习也方便，以后就业也就顺风顺水，这样规划比较实在……

米娜拗不过他们，作为华人女生，从小听话惯了，但是这并不意味着她心里就痛快，好不容易读个大学，原本想远一点，自由一会儿，又不是不回来，但没想到，他们还是要她待在身边。

好在这所家门口的学校非常有名，所以她也就认了，但她规定爸妈：你们没事不要来，否则这哪像读大学，是读幼儿园。

因为近，所以米娜格外渴望远，甚至节假日她也越来越不回家了，她总是有一百个理由：跟着同学出去做义工，做课题，以及旅行。

所以今天方芳是突然袭击，她事先没告诉女儿自己要来。她在学校草坪旁坐定后，才打电话对女儿说，我在学校草地前面呢，米娜，妈妈有事要说。

米娜抱着几本书，从校道过来。这是一个高挑、漂亮的女孩，一件白色衬衫，衬着身后的绿树，显得清纯，轻盈。

米娜一眼就看见了穿冲锋衣的妈妈坐在草坪旁。

在米娜眼里，妈妈与不少上世纪八九十年代从国内出来的女人有一些共同的特点，诸如时时略显紧张、在找机会的神情，诸如常常不知道给自己稍稍收拾一下……总是穿着冲锋衣、短T恤、牛仔裤，又没有老外那种精神劲儿，这么穿，就显得有点拖沓，有点土气。

米娜还没走近，妈妈方芳就小跑过来。

米娜嘟哝，不急，这么急干吗，找个地方坐下来说也来得及。

米娜这么说是没用的。妈妈已经在说话了：妈妈有事要说。

米娜刚才从图书馆过来的时候，原本想好了带妈妈去附近的咖啡馆坐坐，但现在看妈妈脸上的着急样子，就没了兴致。

她拉妈妈坐到草坪旁的一张椅子上，对妈妈说，你是想说去上海做交流生的事吗？我不想说这事，因为我已经定好了。

焦虑像风一样吹过方芳的脸。方芳对女儿说，米娜，你知道今天上海的PM2.5是多少吗，都200多了。

米娜说，我会戴口罩的。

方芳说，你睡觉也戴口罩吗？你不是喜欢长跑吗，你戴口罩跑？

米娜仰脸，对着湛蓝的天空摇着头。这一次她认定不改主意了，因为自己大了。

方芳见女儿不说话，就说，5个月，5个月是多宝贵的时间，你去那边能学什么呀？又不是好玩，我们是在这里考试、就业的，我们不做无用功的事。

米娜说，学什么？我选的是中国文化课，还有戏剧、书法课。

方芳让自己放平缓口气，轻笑道，啊？

米娜知道她马上要问了——“与你专业有什么关系啊？”所以赶紧说，算学分的。

而妈妈方芳显然没被这“学分”给打发了，她说，米娜，我感觉不是太值，即使算学分，与你的专业课也关系不大，没必要跑那么远，何况那边空气不好，妈妈对这事感觉不太好……

米娜看见一只昆虫在太阳光下飞舞，从面前掠过去。她对妈妈说，你怎么知道关系不大？你知道吗，以后的机会都在中国。

方芳的表情是“老妈不会比你不知道”。果然，她对女儿说，这要看是从哪一个角度说，是谁在说，怎么样的语境中说，这样的预测从小到大妈妈听多了。

米娜飞快地瞥了妈妈一眼，说，我的老师、同学都说以后中国的机会多，全球经济增长的活力还是要看中国，这么庞大的市场谁会看不见呢？我当然要去，连扎克伯格上星期都去中国看马云了，现在不去对接中国的话，以后都来不及了，妈妈，这怎么会跟我学的商科没有关系呢？

哎哟，米娜。妈妈方芳说，咱是个女生，这些太宏大的事，也不是咱做的，我们定位里没给自己吃这么大的压力，我们小人物只想着靠谱就行，读好书凭专业找个安妥的工作，蛮好了。你说他们在说中国机会，而我知道的是那边更多的人在过来，留学潮、移民潮，心里在说“美国机会”哪，喏，你看看。

方芳拿出手机给女儿看，并说，这是你舅舅刚发过来的，你表妹朵儿就要选报大学专业了，人家小小年纪在这里吃这么大的苦，认定在这里读书，你说……

方芳话没说完，米娜就知道妈妈的意思了。米娜说，如何选择，那要看每个人的长板是什么，全世界越来越一体化，学专业也得跟上趋势，妈妈，比起我美国的同学，我会说中文，这是我的长项，但这个长项需要巩固它才是强项，所以这次我去中国学习就是为了巩固、强化与中国人交流的能力。

方芳有些愣，因为平心而论，女儿说得也对，中文是她的优势，如果哪个公司需要面对中国市场，米娜就比其他竞聘者有天然的竞争力。

方芳说，但是妈妈担心你在那里的空气，还有穿马路……

米娜说，我小时候不是在那边的外婆家待过吗，那时不也过来了吗？

方芳说，那时候是那时候，现在别说你，就是我也适应不了了，你以为我不想回去看看，我天天梦见你外婆，但每一次回去，就又觉得不适应。

方芳下意识地按了下胸口，接着说，真的，包括好多人心里想的，嗯，跟我们不大一样，跟以前也不一样了。

方芳看着这女儿，想着故乡，心里是那么不安。她让自己刚才有些摇摆了的念头赶紧消失，她得继续劝阻。

米娜说，妈妈，还有我喜欢中国的书法、戏剧，小时候外婆唱的越剧，我感兴趣。

方芳瞅着女儿的脸有些发怔，这个她懂，因为中国人嘛，小孩好奇她自己天然的文化来历，所以感兴趣，这是天生的。

方芳轻抚女儿的背，说，这个以后作为爱好是可以的，妈妈也喜欢越剧，那么优美，好想听的。

米娜赶紧借机哄妈妈，想让她接受自己的想法，她说，这也不完全是爱好，是有用的，因为多元、宽容是未来全球商业合作的基础，要合作就需要了解、尊重对方的文化，妈妈，这应该是我的优势，我两边的文化元素都有一点，所以我很庆幸你和爸爸好多年前搬到了这里，让我有了这个优势，老师同学都这样看好我，他们还说扎克伯格都找华裔女朋友了呢，所以，这次去中国做交流生是个机会。

她还兴奋地说，妈妈，还有书法课呢。

面前是阳光下的草坪和这个神色烂漫的女儿，方芳感觉到了自己的无力。小孩大了都是不听大人的。方芳想起当年自己铁心出国，妈妈拉她别出去，说有职业有吃有穿去那边当陪读妇女干啥，去美国的话，你这里打的基础全没用了，到那边要重新来过了，你都30多了。

方芳感觉有点像做梦，她低头看了一眼手机。哥哥方园微信里的托付，妈妈赵姨如今对定居美国多年的她助朵儿一把的期望，跟面前这个执意要回去、说那边有机会的米娜，像两股对冲的气流让她迷茫。

米娜伸手拿过妈妈手里的手机问，朵儿要申请大学啦？好快啊。

方芳说，你要帮她出出主意，从找工作的角度。

米娜说，知道，我下周刚好要去西雅图华盛顿大学听个学术会议，我可以去看朵儿，她来美国后，我还没去她那边看过她呢。

方芳知道自己没说服女儿。

她在离开学校的时候，心里依然不知如何是好。在启动汽车之前，她给哥哥回了条微信：哥，已关照米娜给朵儿建议了，她会去西雅图见朵儿。另外，哥，你帮我一个忙，帮我劝劝米娜，告诉她你那边的环境空气状况，劝小孩别去上海读书了……

8

星期天上午，蒙德社区活动中心一楼，免费英语课堂。

那些中国老人来得很早，趁阿米莉娅老师还没到，老人们在教室里聊家常。

他们带着中国各地的口音，说的是子女、子女职业和年薪、孙子孙女、学区和成绩，还有菜价、房价，包括自己在中国的退休工资，和以前闹革命、串联、插队、上班的往事……

朵儿到那里的时候，看见同学洛克已经在那些老人们中间了，戴眼镜的武汉老爷爷正逮着他说话。

武汉老爷爷姓方，原本是武汉一所大学的老师，是这一群人中英语最好的，其实他不需要在这个从ABC教起的免费初级班培训了，他坐在这里，除了优越感和存在感之外，最大的收获可能是有人跟他聊天。

现在方爷爷就在对洛克激情讲述麻省理工，因为他儿子就是麻省毕业的。在他们身旁，还有几位老人在听，方老师声音清亮，“你申请麻省吧，从麻省出来，高薪概率大，而且好多人还看不上打工，自己创业哪，我儿子就是这样……”

洛克见朵儿进来了，向她扬了扬手，“嗨”，就从老人那边走过来了。

朵儿虽然因为那天杨冰的事有些别扭，但以她这个年纪的女生对于面子的理解，就做没心没肺状，潇洒地一挥手，对走过来的洛克说，哟，男神啊，你今天应该去看三文鱼，否则杨冰也不会乱怪一气，怪到我了。

哪有啊。洛克笑道。又觉出她这话里好像有那么点八卦，就又撇了撇嘴，对她说，唉，你们太幼稚。

他的娃娃脸，与他的腔调反差很大。

朵儿笑道，是你们这些人才幼稚呢。

她真这样想：呵，你们这些温室小花哪，有尝过我在住妈家的悲催吗?

而洛克嘟哝着，真的，你们知道我是怎么来这儿的吗?

他料定面前的朵儿和那些人都不知道，于是径自摇头说，如果知道的话，呵呵，你就会知道你们蛮幼稚的，因为你们跟我不一样。

如果这“你们”和“幼稚”是指杨冰她们，朵儿认同，但如果把她朵儿都包括进去了，那她是决不认的。

她心想，你跟我有什么不一样的？不就是有志青年吗，不就是你家大人可能也像我家的那两位一样在敲打吗：不许谈恋爱，中学生不能谈恋爱，咱这边影视剧里都不能谈，你们那边虽跟国内不一样，但咱们家是花了大成本读这个书的，所以要做有志青年。

于是朵儿笑道，难道我就不是一心一意来读书的吗？

她可不能让这男生给说倒，而她发现自己说出来的全是妈妈的话。

她的思维没跟洛克对接在同一个点上。洛克还在说，“我是跟你们不一样的”。

于是朵儿突然就认定洛克家是土豪，所以才说“不一样”。她说，你家一定是土豪。

而洛克叫起来，还土豪哪？哪有啊。

朵儿心想，没准还真是的，这就叫命好，所以还瞧不上人，包括杨冰。

于是朵儿尖声说，一定是土豪！

在他们四周，那些聊天的老人如同在中国小区楼下喧哗，没人留意两个小孩在说啥。

洛克说，杨冰、许怀远、裘正荣那样的才是土豪。

朵儿笑语，那不正好嘛，土豪配土豪，我感觉杨冰好像有点中意你哦。

大概所有的女生都有点八卦吧。洛克做了个鬼脸，说，哪有啊，那是她啥都不懂、不知道。

正说着，穿着米色风衣的阿米莉娅老师走进来了，喧哗的教室里安静下来。

老师开始上课了，洛克和朵儿站到了老人们的座位旁。

这里的老人们需要这些懂中英双语的中国小孩辅助，教他们一个单词一个单词地发音。

9

傍晚的时候，海萍和方园走进上海瑞龙国际酒店大门。

在水晶灯、粉绿花束、抽象雕塑、室内溪流装点的豪华大堂里，他们一眼看见了董胜男。

她化着淡妆，一袭湖蓝秋装，正坐在咖啡吧的沙发上等他们，要请他们在这里吃个饭。

海萍和方园以前从没走进过这家五星级酒店。原本今天他们也不想来这里。

从昨天到今天中午，海萍几次谢绝董胜男的电话约请，因为发生在奈特利高中的那件事让她心里有气，她不想跟这个女人多说什么了，总是提这事心情也不好。你不是已道过歉了吗，我接受了呀，还想说什么呢？其实这事关键是你家小孩自己有没有认知，有没有向朵儿认错，而看前两天朵儿视频里的意思，好像还没呢，我们大人在这里说来说去，又有什么意思呢？再说，学校现在也只是在做调查，我们这边这么接触是不是妥当？

所以，海萍在电话里坚持一个意思：小孩子的事让她们自己去处理，其实也不小了，都是大孩子了。

董胜男在电话里恳请，朵儿妈妈，不全是为了这个，我们也是有缘分，两家都在同一个城市，两个小孩在那边是同一个学校、同一个年级，她们可算是货真价实的老乡哪，所以我们也交个朋友。

海萍觉得搞笑，心想，交朋友？你们是有钱人哪，在那边都买别墅了，你们小孩都蛮横到美国去了，而我们是工薪阶层，我们以前也不认识呀，能朋友到一块儿去吗？

这么想着，她就说，杨冰妈妈，两个小孩自己交朋友才要紧，她们成朋友了，我们才能高兴。还有啊，学校现在也只是在做了解，我们大人交流得太多，不知妥不妥，上次媒体上说的“加州中国小留学生凌虐同学案”，家长事先想私下商量，结果……

海萍也只是想借此理由推却一下，她也知道杨冰朵儿这事哪有那个案件这么严重，但哪想到经她这么一说，反而加重了董胜男的忧心。

结果，到下午下班前，董胜男的电话又过来了，她说，朵儿妈妈，杨冰她爸为见你们刚从广州火速飞回来了，是我让他回来的，我说，你还做什么生意啊，女儿的事或许不严重，但这里暴露的问题相当严重，只有我这个当妈的才知道非常不妙，你给我回来。所以，朵儿妈妈你真得帮帮我，跟我们会一下面，我是有诚意的……

海萍其实没完全明白她话里的意思，也来不及琢磨这女人还想在约请的这个饭局上表达什么意思。海萍握着手机，只明白了人家老公专门坐飞机赶回来了，想会会面。

于是，海萍不好意思推却了，说，你们这么客气，那好吧，我跟老公商量下，争取晚上过来。

现在胜男带着海萍方园夫妇乘坐电梯，来到38层餐厅，已订了江景包厢。

走进包厢，巨大的落地窗外是暮色中的江景，两岸灯光正在次第亮起来，鳞次栉比的楼宇像连绵的丛林，映衬着都市黄昏的灰红天宇，使人仿佛飘浮在沉郁、繁华的空中。这气派震到了方园，他心想，他们想跟我们谈什么？

包厢里还有一位30来岁的女人，气质温婉，正在让服务员安排今晚的菜单，她对进门来的三位笑道，你们来了呀，杨总还需要等一下，他从机场出来，又突然被生意合伙人接去谈一个项目，要稍稍等一会儿才能过来。

胜男看了她一眼，说，是林助理吗？

林助理微笑点头，说，哦，是董女士吧。

胜男对海萍方园夫妇表示歉意，哎呀，不好意思，老杨就是这样拎不清，还要让你们等。

她又对林助理摇了一下头，说，忙啊忙，没有什么事比小孩教育的事更值得忙。

林助理冲她笑笑，继续应对那个等着点菜的服务员。服务员拿着菜单征求意见，问：珍宝蟹要吗？

林助理说，要的，这个潮汕酿豆腐不要了。

服务员说，这是我们家自制的豆腐，味道蛮好的。

林助理轻声说，杨总不吃豆制品。

胜男扭头问，啊，为什么？

林助理温婉地笑着解释，他最近尿酸高。

她们这样的言语，让方园觉得哪里有些奇怪，但一下子又辨不出来。

而海萍已经有点看出来了。但她发现胜男看了自己一眼，于是赶紧搭话，说，菜少点一些好了，咱们人不多，而且我今晚还不能多吃，因为明天一早要去体检，是单位每年的例行体检，医院关照体检前一晚不能多吃，晚上8点后不能进餐。

胜男睁大了一下眼睛，说，啊，是这样啊？要体检啊，不过，这个年纪是要重视体检，这个年纪是要开始养了，我自己这一年感觉蛮明显的，身体不如以前了，老是觉得累，睡觉不是太好，哎，朵儿妈妈，我们俩到底是谁大？你看着好年轻哦。

海萍注意到了这女人妆容下的疲惫，说，不会的，你应该比我小，杨冰妈妈，像我们这个年纪，上有老下有小，是累的，我呀，心里有时总是“别别”地跳。

海萍按了一下胸口，对她笑道，不过你应该比我好，条件好呀。

呵，哪有好。胜男笑了笑，同情地看着海萍说，要对自己好一点，女人是要对自己好一点，别的都是空的，除了小孩，小孩好，心里也就妥当一些。

正说着，一个高个男人走进来，肚子较鼓，藏青色西装，身后还跟着两个年轻人。他呵呵地笑着，周身的气场从门口往屋里涌过来，是当老总的派头。

林助理迎过去，轻声说，他们都到了。

方园海萍夫妇立马知道他就是杨冰的爸爸了。

高个男人看了眼桌上的这几位，朗声笑道，噢哟，你们都已经到了。

他解释自己刚从机场下来，又从四季酒店那边赶过来，他说，我生怕太晚，还好，没太晚吧。

他伸出手来，与方园海萍握手。这边林助理已安排那两个年轻助理与自己一起去楼下自助餐厅。

胜男向海萍方园夫妇介绍，这是杨冰的爸爸，杨汉君杨总。

杨汉君看了胜男一眼，对两位客人笑道，称呼杨哥好了，坐坐坐。

他那高于他人的气场，其实是让海萍不太舒服的，也可能是他当老总习惯了，但现在他面对的是他女儿同学的爸妈，又不是想跟他做生意的人，更不是感谢他宴请的友人。

杨汉君让服务生给方园倒红酒，方园连忙摆手说不会喝。杨汉君就把视线转向海萍，笑道，那女士能喝点?

海萍说，明天要体检。

杨汉君摇头，哈哈笑道，体检，我从不体检，尽是吓唬人的，我从不去。

看两位客人没笑，有些拘谨的样子，杨汉君就拿起自己面前的酒杯，摇晃了一下，对方园说，不喝酒就没气氛了。

他那种自带嗡嗡鸣响的、有底气的派头，早让董胜男不舒服了，她心想，有没搞错啊，这个饭局又不是欢乐颂，今天是来向人家赔礼的，为你那个女儿赔礼的。

于是胜男起身，就大洋彼岸的事，向客人当面表示不好意思。

在这样一张桌上，她这个郑重的姿态，还是让海萍方园夫妇感动了一下，他们连忙摆手，表示可以啦。

杨汉君拎起酒杯，说，咱赔个不是，小孩子不懂事，哎哟，我像她们这么大的时候，天天打群架，哈哈哈，不过女孩子该跟咱不一样……

他这话，可能连他自己也不知道到底想说啥，果然引起董胜男的反弹，胜男说，哟，杨汉君，我告诉你，北美可不是我们这里，你小时候在这里可以号称“杨浦小霸王”，而在他们那边，这是要治的，要治的就是你这样的，你知道吗，前几天加州那几个打同学的中国小留学生被判了多少年，你知道吗？最厉害的被判了13年！你以为是在我们这里啊。

面对胜男的情绪上扬，杨汉君张着嘴，局促了一下，点头说，哦，哦。

但他显然不想让自己落于胜男的下风，他对胜男笑道，你有文化，我没文化，我不知道这个。不过，你也别太担心，杨冰她们俩小姑娘嘛，哪会闹成那样，没准过几天又好成闺蜜了。

他拎起酒杯来碰方园的饮料杯，说，兄弟，你说是不是，小女生的事嘛，你看她这当妈的想到哪里去了？

虽然这胖老总说的倒也可能没错，现在学校还只是打了电话来要求家长对孩子进行教导，并且校方只是在做调查，所以也没必要往那么坏的结果想，但他这么轻描淡写的样子，令海萍不爱听了。

果然，董胜男不干了。她拿起自己的手机，给杨汉君看：怎么没什么事？你看看，人家小朋友手上都有乌青了。你看看，怎么事不大？人家学校给我发来的邮件，你看看。

胜男这么突然飙起来，情绪激昂地为朵儿鸣不平，几乎让海萍恍惚，好似这一刻她才是朵儿的家长，而自己跟老公坐在这里因为台面上的关系，在客套，是错位了。

事实上，董胜男确实钻进了自己激昂的逻辑里，她说，杨汉君，我告诉你，这是你眼里的小事，也可能确是小事，最后有幸学校没当大事，那是人家家长有修养，但这样的事你不重视，最后害苦的是你女儿。我问你，冰冰为什么这么蛮？她以前是这样的吗？你别不当回事，学校还在调查，万一被警告怎么办？我告诉你，杨冰去年已经被学校警告过一次了，如果这次再挨上，你给我说，怎么办？三次警告就要遣返了！杨汉君，即使真如你说的没那么严重，但这次暴露出来的问题是够严重的，我这个当妈的，对这事预感不好，你看着办，你说，我的冰冰怎么成了这个样子？

胜男突然泪水奔涌而出，呜咽道，你说，赚那些钱要它干什么，赚的那些钱让人败到哪里去了你都不知道，女儿可是你自己的命根子哪。

在客人面前，胜男的泪崩让杨汉君有些发窘，他说，哦，我哪会不重视女儿。

他看了一眼方园海萍夫妇，就起身从手包里拿出一个信封，说，这是我早备好的，一点点心意，小孩子的事都是我们的心头大事，胜男这样怪我，是她心急了，我哪会不重视呢。你们也一样，咱中国人做什么都是为小孩的，杨冰这件事啊我们不好意思……

面对这个递过来的装着钱的信封，海萍方园大吃一惊。其实，刚才有那么一会儿方园坐在这里有些恍惚，他感觉这一家人说话怎么这么快，话题点一会儿在这里，一会儿又转到那边去了，而话里的意思跳来跳去，让脑子都快短路了。他都不知道他们在争锋什么了。他想，这一家到底是做生意的，不像我们整天坐单位办公室的。

面对这个信封，方园摆手推开，不行，不行。

杨汉君就将它抛到了海萍面前。海萍起身，把它往杨汉君像扇子一样的手掌里推，但她推不过他，就调头把它放到哭泣着的胜男面前，一边说，怎么可以这样？只要小孩自己认识到了问题，就可以啦，我相信杨冰这孩子现在已经认识到了。

胜男抬起头，泪光闪烁地看了海萍一眼，对杨汉君说，杨汉君，你看看人家的涵养，杨汉君我告诉你，你是不是觉得给个钱就行了，没准你还以为自己有多了不起了，你以为用钱就可以摆平了？我告诉你，那个“小留学生凌虐同学案”，就有家长私下想用钱摆平，结果罪上加罪，你以为在那边是在这里啊？

海萍心想，她现在倒认知得很清晰、正确。

方园看着杨汉君的窘样，打个圆场：杨冰妈妈你也不要尽往坏处想，海萍已经说过了，小孩子自己知道问题了就可以了。

胜男突然站起来，再次泪涌，说，我怎么能不往坏处想呢？杨汉君，你说说你是让谁在那边看着孩子，那个人看得了吗？管得了吗？那个人连她自己都站没站相坐没坐相，扭得像条蛇，她看管小孩，她有这个能力吗，有这个品行吗？你说，我们杨冰小时候那么乖巧的小女孩，现在怎么不听话了？今天这个事暴露出来的是家庭管教的问题。

她拿起那个装钱的信封，摇着，对海萍说，你说说，有这样糊涂的老爹吗？你说，我能放心吗？

到这时，连方园都看明白了：她是他的前妻，而在那边看管小孩的，没准就是原先的小三，现在的小妈。

海萍方园手足无措，他们劝了一会儿这对奇葩的前夫前妻，15 分钟后，找借口撤退，一个说晚上单位还有会议，一个说明天一早要去体检现在得赶紧回去休息，这两天身体本来也不太舒服。

方园海萍坐电梯下来。

董胜男比他俩晚了两分钟下楼，在酒店大堂，她从后面喊住了他俩。她面容带笑，急匆匆地过去对两位表示歉意，她说，你们看我是不是有点可笑，其实我也不是傻瓜，我知道学校还在做调查，就这两天的态势看，我直觉事儿未必太大。但是我必须要告诉他杨汉君，得重视，我必须让他知道这事大，必须让他想一想谁在那里看管小孩，这到底妥不妥。中国人说“言传身教”，这是千真万确的。杨冰这两年脾气动不动就爆，这说明啥？说明小孩心情不好，为什么会这样？那个人看得了吗？

胜男向两位合了一下手掌，表示感激，说，我必须请你们来，不是想谈什么条件，只是想让他从广州给我回来，让他明白这是个事，我女儿的事是个事，钱是赚不完的，而女儿，我只有这一个，这辈子也只有这一个，如今可以生二胎了，我已经不能生了，不仅不能生了，而且连老公都没了，即使有，也不能生了。他倒好，让那个狐狸精给我看小孩，我必须敲打他这一点，让他想一想，所以谢谢朵儿妈妈爸爸。

海萍方园瞬间思路凌乱。而胜男笑了，说，至于后边美国的事怎么解决，我还有第二步方案，我不能让那女人看我孩子。

胜男突然从随身包里掏出刚才那个信封。海萍以为她又要递过来了，连连摆手，心想，这女人变来变去，比剧情还复杂。

好在胜男没递过来，而是向他们晃了一下，笑道，这个钱当然不适合，但是，我们可以把它当作教育基金，比如去美国看小孩的路费，朵儿妈妈，我视那边的情况再定，到时我们俩一起去。

她没等海萍方园的反应，接着说，小孩子可能需要我们在这个时候去帮助她们。

后来在回家的路上，海萍方园感慨到说不出条理清晰的话来。

家家有本难念的经，是的。海萍终于说，当妈妈的，都是费尽了心。

10

在奈特利高中物理教室门前，杨冰好像在等人。

是的，她在等朵儿。现在她看见朵儿背着书包沿着墙走过来上课，她就对朵儿笑着，说，哎，是那么碰不起的，对不对?

朵儿抬头，吃惊地看见杨冰在对自己笑，于是赶紧对她笑笑，就听见杨冰放低了声音说，那么就离我们远一些，从今天起好了。

这一瞬间，杨冰的脸神有变，牛得不可名状，侧转过脸，又回头短促地瞥了朵儿一眼，说，还是我离你远一点好了，得得得，我离你远一点好了，别网络传播了，吓死宝宝了。然后她“咚咚咚”地往走廊那头走过去，薄型长款风衣的衣裾一路翻飞。

朵儿心里的愁绪随她的衣裾飘在走廊里，她想，为什么要让彼此都难过?我一个人在外面已经够不好过了。

下午在洗手间，朵儿碰到一位北京女生，平时蛮要好的，就随口问了一声：星期天一起去西雅图看旧城遗址吗？

北京女生摇头，突然凑近她的耳边说，女王不喜欢我们跟你说话，玛丽。

朵儿一怔，嘟哝道，她以为她是谁，不说就不说，还以为我有多爱说话。

接下来的几天，朵儿真的感觉到了，除了杨冰和她的那几位死党不跟她说话，连有些原本不是她们圈子的女生好像也刻意避着她，而以前不是这样的。

那种冷冷的、仿佛孤立她的气息，其实是她熟悉的，在国内读书时，从小学高年级到高中，女生间也常会这样，某一阶段突然孤立某个女生。

不跟我说话就不说，难道我这么想跟你们说话了？朵儿倔强地想，我可以跟谁都不说话，如果你们希望我从你们面前消失，那么我们就相互玩消失吧，装作看不见好了。

11

一串珠链，淡绿色，仿翡翠玻璃珠。

这是小女孩玩的那种手链，中国风景区旅游商品摊点上到处都有，10元钱一串吧，16年前可能还不要这个价钱。

此刻，在旧金山湾区的家中，米娜把它从杂物间自己小时候玩的“藏宝箱”里翻出来了，对着从窗口透进来的光线，瞅着它绿茵茵的柔光。

它映着童年记忆里的那股欢喜劲儿。

米娜记得，它来自于上海外婆家附近一个小公园里的地摊，当时5岁的自己对着地摊上一堆五光十色的珠链不肯走，外婆就买了两串，一串绿色，一串粉色，自己那种欢天喜地的心情至今铭记。

当时表妹朵儿还是一个粉嘟嘟的婴儿，被外公抱在手里，这小宝宝伸着手也想要，嘴里“嘀嘀嘟嘟”着。米娜不舍得给她，对小宝宝说，不能给你，你会当糖果吃进去的。

现在，对着杂物间窗口的光亮，米娜把它戴在了手上。

虽是假的，但它是那么精巧，与“藏宝箱”里的那些闪光发夹、中国结、粘粘纸、彩色橡皮、卡通钥匙扣、电动小风车……构成了米娜小时候关于中国的印象符号。

米娜从小就超级喜爱这些产自中国的小玩意儿。记得初中有一年，她随妈妈回国探亲，买了一大堆带回美国来，有些被当作生日礼物送给同学，有些被收进自己的“藏宝箱”。她对大人说，中国嘛，刚去的那几天不太喜欢，马路上都是人，乱哄哄的，待几天就很喜欢，因为人多、好玩、热闹，还有就是有小玩意儿买，发卡，珠子……

后来米娜大了，“藏宝箱”被妈妈转移到了杂物间，有时米娜去杂物间取东西，看见它，心里依然有羽毛轻拂而过的感觉。

现在米娜在研究这条久违的珠链，它圆润的质感，让米娜回想起表妹朵儿小时候的面容，胖嘟嘟，像个小肉包。

米娜对婴儿的最初直感，就是来自于这个表妹。

这个小小的表妹自从会走路后，嘴里总是“嘟嘟”着什么，总想跟在她这个小姐姐后面，总想拿她在玩的一切东西，尤其是那两串珠链。大概小朋友都喜欢漂亮、发亮的东西吧。

那时候的米娜自己也是一个萌小孩，从1岁到6岁，一直被寄养在上海的外婆家中，当时她爸爸季平原妈妈方芳才来美国不久，需要打拼，无力照料孩子，所以她是外婆带大的。

关于上海的童年，米娜记忆中多为碎片，除了小表妹的包子脸，还有外公嘴里的“猪八戒”，外婆做的排骨年糕，舅舅买来的彩色绘本，以及幼儿园的中国小朋友……虽为记忆碎片，但它们常被触动，从眼前一晃而过，比如昨天，晃过的就是这串珠链。

与珠链一起呈现的，是记忆中上海机场空旷的背景。

那是米娜6岁那年夏天，在上海浦东机场，她随来接她回美国读小学的妈妈准备离开中国。关于这场她有记忆以来的最初别离，她还记得这样两个细节：

一是她不停地问外婆：“美国小朋友会对我好吗？”

另一个就是这串珠链。

记得那天外公外婆舅舅舅妈以及胖乎乎的小表妹朵儿都来到机场送行。在小米娜被妈妈方芳牵着出关前，她终于舍得从小包里掏出那两串珠链，让表妹挑选。

小米娜对表妹朵儿说，你拿一串吧。

那时朵儿已读幼儿园小班了，穿着小花裙，头上扎着一对小细辫。这小胖妹妹就笑嘻嘻地去拿那条粉色的，外婆赵姨俯身搂过小米娜，说，米娜心肠真好。

外婆知道这小囡现在肯分给妹妹一串，是因为她也懂得这一别之后，要很久才能回来。

而从美国回来接女儿的方芳则不明就里，笑问，为什么给妹妹这个？是个玻璃珠哪。

小米娜对妈妈说，以后妹妹可以戴着这个来美国，我去接她的时候就认得她了。

外婆赵姨眼泪都快出来了。大人平时哄小米娜要听话的那些话，东一点西一点全都被记进了这个远离爸妈的小孩的警觉小脑袋里了，这小脑袋以她的逻辑，分析、担忧着诸如：我以后回来，会不会不认得外婆家在哪里了？我以后回来还看得见外公吗？妹妹还认得我吗？

于是在出关口，外婆把小米娜搂进怀里不肯放手，老人说，聪明宝宝，妹妹哪怕以后长大了，你不认得了，但你们一对照珠链，就认出来了，以后你在美国去机场接妹妹，戴着这条绿色的去。

这当然是童年的趣事。

但是两天后，米娜还真的戴上了这串手链前往西雅图。

她包里还装着一本老相册，那是从妈妈房间里拿来的。

她兴冲冲地去西雅图了。

12

今天放学后，朵儿坐36路车先去了沃尔玛超市，在那里买了点零食。

一包饼干，一瓶混合果汁，一小盒蓝莓。从超市出来，她往17路公交站点走，一边走，一边把这些东西塞进了书包底部。

没走几步，想到蓝莓可能被压着，她就又拉开书包拉链，把蓝莓取出来，藏进书包的侧网兜，外面遮了两张餐巾纸。

这么藏着掖着，其实朵儿对自己这小心眼也有点鄙视，但小心眼，大都是在经历了N多的大大咧咧之后被教训出来的，像这样买点零食也要偷偷摸摸，那是因为在奇葩的HOMESTAY，没什么属于她吃的零食，如果放学后肚子饿，想吃点饼干什么的，没有！既然你家没有，那么我自己去买一点回来总行吧？不行！住妈看见了好像又会不爽。为什么？很简单，因为你总是自己去买，那不就是说我们没给你买吃的吗？

但问题是，确实没给什么吃的呀，连午饭都没有哪。

人一多心，左右不爽。看样子无论中国人还是外国人，小心眼来临时，都是一样的。所以朵儿想，那就藏好点吧。更何况，查理杰克还常来翻她书桌上的东西，有零食就拿。

有没搞错，要吃问你妈妈去要，姐也不够。朵儿想。

朵儿转过超市拐角，看见几个学生在墙边抽烟。

她一眼认出了她们中间的杨冰，还有同级的几个女生。

杨冰穿着黑T恤，披着薄型灰色风衣，扎了个丸子头，酷酷地看了朵儿一眼，扭头没理。

朵儿心想，以前也没见你抽烟啊？人不作不会死，有那么酷吗？

那几位女生都没理朵儿。但朵儿感觉自己被她们收在视线里。她想快步从她们面前走过去。她知道，她们现在是不跟自己说话的。

所以现在朵儿的步子有些快。她看见杨冰把烟给丢了，对那几位笑道，哈，给拍张照。

朵儿突然看见她手里还拿着一把军刀——装在刀鞘里的日式军刀，这才明白她们正在玩COSPLAY。

而那把军刀不知是真的还是道具，反正杨冰手里的是一把军刀，她仰头帅笑，抬起长腿，一个抽刀POSE，一个舞刀POSE，一个旋转POSE……让死党们用手机给她四连拍。

朵儿快步走过去。

杨冰的刀锋不经意舞过了旁边的一株小树，一根枝条被劈了下来。杨冰吃惊地说，呀，这么快。

朵儿侧转头不看她们，向17路站台走过去，她听见杨冰在说“哪个中意这刀，生日送给她”，随后不知她们为了什么，突然在那边笑成了一团。

朵儿在17路公交车上接到了表姐米娜的电话，这让她有些凌乱的心绪渐转平静。

电话那头的表姐米娜说，朵儿，我是你表姐，今天我到西雅图了，是来华盛顿大学听一个金融学术会议，明天是周末，我来看你。

朵儿来美国后的这一年，还没见过表姐米娜呢。虽然米娜几次说要来，但因为她课程、实习安排等原因，都没来成，而这次终于成行。

对于这个表姐，朵儿印象不深。七八年前姑妈方芳曾带当时初中生的米娜回上海探亲时，两人见过一面，后来表姐上了高中、大学，也就没时间回国了。倒是奶奶经常对朵儿念叨：朵儿，你有个小姐姐在美国，从小就聪明，从小就跟你玩。

朵儿记不得童年时表姐在上海跟自己玩耍的情景了，虽然家里的大人们常提这个，但她没有印象了。现在她记住的事是，爸妈让自己向表姐咨询选什么专业好。

此刻，坐在公交车上的朵儿拿着手机，电话里表姐语速很快，而且很高兴的样子。这让她方才惶恐的情绪得到了好转。

朵儿想，我在美国还有一个姐姐呢。

她听着那头米娜热情的声音，心里升起类似傍依的暖意。她说，好啊，姐姐，我等你来，明天星期六我不出去。

朵儿想象着米娜的样子，应该是高高的，长发，大长腿，美女，比杨冰更酷，而且成绩好。

朵儿还想到了一个现实的问题：表姐来做客，怎么招待表姐，用什么招待？

表姐刚才电话里已表示将先到她的HOMESTAY来看看，看看她在这里生活的样子。这是可以理解的。那么请表姐在HOMESTAY吃饭吗？

朵儿想到这一家的情景，拉倒吧。

那么请表姐去外面吃？

朵儿知道如果去外面的话，那么最后一定是表姐请自己。但是，自己无论如何要表示客气的。朵儿想，有什么合适的妙招吗？

17路车快到莫莉家了。朵儿盘算着家里有什么东西拿得出手，茶，哎，奉一杯茶吧，这个主意不错，因为自己的箱子里还有一罐龙井茶叶，估计表姐会喜欢。

这么想着，朵儿就觉得带劲起来，如果这是在国内自己家里，那有多好啊，还可以根据茶的特点，配备各种茶点。

朵儿在国内的时候就对茶艺比较感兴趣。她想，可以配蒸糕、青豆、笋干、鹌鹑蛋，另外，再配点水果。

水果？有了，水果这里也有啊，要不准备一个水果拼盘吧。朵儿想到这个点子，眼前一亮，有点激动起来。

要不就用三四种水果，切成各色花型，放在盘子里，蛮好看的。朵儿想，嗨，书包里不是还有刚才买的蓝莓吗，正好，住妈家多少还有点水果，橙子、苹果，昨天在厨房里好像看到还有，如果再没别的了，那么切几片番茄、几块牛油果也可以，介乎水果拼盘与色拉之间……

这么想着，朵儿好像已经看到了一盘色彩斑斓的水果拼盘摆在面前了。

再配上一杯中国绿茶，OK。

13

星期六上午，朵儿在厨房里忙水果拼盘。

昨晚吃饭的时候，她已跟住妈莫莉说过了今天表姐要来，也说了要用点家里的水果。对此，莫莉是点头的。

现在朵儿在忙碌。谢天谢地，今天一早莫莉带三个小娃去西雅图参观水族馆了。而住爸巴德最近这几天一直没回家，好像出车在外地。

真是谢天谢地，朵儿心想，要不然，这屋子可能会吵到让我丢脸。

朵儿已经搬到楼下住了，以此换来了多洗10分钟澡的待遇。对于这一家，她真的不想多说了，但心里的情绪，还是像气球一样在一天天膨胀，比如现在她环顾四周，这屋子是那么凌乱，表姐怎么进得来啊？昨晚跟他们说过了有亲戚要来，但客厅依然毫无收拾的迹象，小孩衣服、大人杂物依然摊了一地，包括一沙发，让人往哪儿坐？

朵儿想，我迟早要搬出去的，哎，米娜，要是你再晚来几个月就好了，没准我就换人家了，哪一家都不会比这一家丢脸。

她这样想着就动手收拾客厅，拎起沙发上的衣服，但立马发现压根儿没法收拾，因为这里的乱，无从下手。

于是她果断放弃，一心一意准备水果拼盘。她想，还是在楼下我的小房间里接待表姐吧。

朵儿好好洗了一个白色圆瓷盘，然后开始切水果。

很幸运，厨房里还有几个苹果，两只橙子，更幸运的是，昨天住妈从她上班的COSTCO买回来了一袋猕猴桃，这样就有了绿色与橙色、黄色的搭配。后来，朵儿都快尖叫了，因为她还从冰箱里发现了水果小番茄，她知道住妈常哄查理吃这个，以补充维生素。朵儿想，我只用一点点，只几颗总可以吧。于是她拿了几颗，与蓝莓一起作为点缀。

等她准备停当，表姐已经到门口了。朵儿就带着这五光十色的一盘，小心翼翼地下楼来。

朵儿看见一个高个儿女生站在门口，逆着光，轮廓秀美，像笼在一层光圈里。

朵儿叫了一声，米娜姐姐。

米娜也在打量这个端着盘子，正移步过来的女孩，一瞬间她发现这女孩与校园里那些来自中国的女生几乎一模一样。

这一模一样，不是指她们彼此长得有多像，而是一眼就看得出她们与这里的其他小孩——那些西人女生，以及像自己这样从小在这里长大的华裔女生不太一样。她们的面孔这两年在北美校园、街头越来越多，而米娜总是一眼就能认出她们来自中国内地，哦，这不是说她们穿得不对，其实她们穿得蛮好的，有些女生比这里的人还穿得高级。那种不一样，是一种说不清但你能感觉得到的气息，可能就像植物吧，刚被移植过来，还有些怯生生地在风中摇摆，所以无论她们是三五成群与你擦肩而过，还是沉静独行街边，惊鸿一瞥中，你能留意到那种隐约透出的懵懂和不安。

现在站在米娜面前的表妹朵儿，就带着这样的气息，因为她是她们中的一员。

米娜有些艺术气质，她比较容易为这些意象触动。她觉得这个妹妹好乖，那种懵懵懂懂的神色，还是个小孩呢，在这么个黑乎乎的屋子里，让她怜惜。她忍不住想，妈妈他们初来乍到的时候，可能也是这个样子吧。她环视了这家HOMESTAY，这么个乱哄哄的空间，是这个妹妹来美国起步的地方呢，真的好乖，不容易。

米娜伸开手臂，走过去拥抱表妹，说，朵儿，拥抱一下。

朵儿带米娜进了自己的小房间。

房间里虽已收拾过了，但因为衣柜空间太小，一些衣服只能垒在床的一侧，书本也放在床上，挨着墙壁，显得有些杂乱。米娜想象了一下朵儿与书共眠的情景。

朵儿请表姐坐在床边，依次回答她提的问题，比如学校远不远、吃饭怎么样、适应得怎么样、喜不喜欢西雅图、去过华盛顿大学参观吗……朵儿挑选回答，有的可说，有的一下子说不清，有的没必要说，独自在外，一天天下来都会这样的。

言语间，米娜感觉这个朵儿早已不是那个肉包子脸的baby了，有一些利落、简洁的东西在这个妹妹话语、神情间闪烁，这是米娜喜欢的风格。

米娜想，到底是在外面独自生活，练出来的。

朵儿让表姐尝尝水果。

哦，米娜这才仔细打量放在面前这把椅子上的水果拼盘，说，好漂亮，是你自己做的？

其实是一些很普通的水果，但看得出这个中学生很费心了。只是米娜现在没太想吃水果，她拿起了一粒蓝莓尝了下，然后端起茶杯，喝了一口绿茶。

朵儿劝表姐多吃点水果。她心想，要知道这来得可不容易。

可是表姐站起来说，我去参观下你家。

米娜往门外走，朵儿跟着。楼上楼下转了一圈，米娜向朵儿吐吐舌头，问，他们是从哪儿来的？

朵儿说，不知道，反正我要搬出去的，这里乱得像个战场，刚来的时候又不知道底细，是教育机构安排的。

表姐米娜拎起客厅地上一件妮可的背心裙，把它搁到了沙发扶手上，对朵儿说，早知道是这样，你还不如转学到我们加州，住到我们家。

朵儿心想，外婆好像是这样想的，但你妈妈不是没这个想法吗？

朵儿没说。这些大人扯不清的事说它干吗，反正我在西雅图已经熟悉了，反正还有最后一个学期了，再熬几个月能拿到大学offer了，再说，我正打算换HOMESTAY呢……

朵儿把表姐带回一楼自己的小房间。刚走到一楼，突然顶头一间房里响起了摇滚乐的声音，把她俩惊了一下。朵儿告诉米娜，有个巴西女生也住在这里，人家是来这里玩的。

朵儿脸上混夹着懂事、乖巧、憨厚、略微不在乎的神情，让米娜眼熟，妈妈那本老相册里妈妈小时候的照片跟她真像。

面前的是一个很好的小姑娘，中学生表妹。米娜心想。她就记起了那天妈妈关照的事情，她在朵儿的床边坐下后，就问朵儿准备学什么专业。

朵儿说，心理学，但我也想不好，我爸妈建议商科、计算机。

米娜咯咯地笑起来，说，又是商科呀！我就是学商科的。

朵儿说，知道。

米娜问，那你喜欢商科吗？我说的是你会喜欢上商科、计算机吗？

朵儿没回答这个问题，她问米娜商科难不难。

米娜轻轻扬眉，说，如果说的是考试，我相信咱中国人只要想过关一定能过关的，我们会考试嘛，许多老外可没那么会考。但是，我告诉我爸妈，商科我一定没办法学到最好，顶多学到同学中的中档水平，我学了第一学期就知道这一点了，因为有些人是真正适合学这个的，而我其实最喜欢的是戏剧。

朵儿张了一下嘴，说，戏剧？

米娜点头，说，人跟人是不一样的，如果一般性地比比，那可能差不多，但如果真要走到哪一门专业顶尖程度的话，那么有许多先天的差异，有的人喜欢这个，有的人适合这个，这是不一样的，这么说，朵儿你懂吗？

朵儿点头，说，懂，但是你爸爸妈妈要你学商科？

米娜说，是，商科好找工作，我爸妈愿意花这么高的学费让我学商科，他们是认定的，我们身边好多中国人家的小孩都学这类。

朵儿点头。

朵儿问，西人小孩学什么？

米娜摇头笑道，学什么的都有，反正状态与我们家不太一样，比如我宿舍的同学吧，一个学画画，一个学影视，我都羡慕死她们了，每天看她们写写画画好玩的样子，羡慕到死的心都有。

那她们没想着找工作了？朵儿说。

米娜摇头，说，反正她们想法跟我们不一样。

朵儿说，那是因为她们是本地西人，家庭条件好。

米娜说，没有，她们可能还不如我们家呢，真的，那个学画画的，家里是开花店的。

朵儿心想，人家爸妈不操心小孩。

果然米娜说，那个学画画的，还是我中学同学呢，她们家的人可不管她学什么，只要她在做她喜欢的事，真的，她们就是这样的，与我们家不一样，她们比较潇洒，要是我爸妈的话早愁死了，嗯，学画画？绘画史上也没几个著名女画家哪。呵呵。

米娜的腔调，让朵儿笑了。

这话题不知怎么牵出了米娜的情绪，她扬了下眉，说，朵儿，你信不信，那个花店女孩我从中学起就羡慕她，虽然从表面看，应该是她羡慕我成绩好才对，但事实上，是我羡慕她，因为她只做喜欢的，她们真是比较潇洒。

朵儿完全明白她的情绪，有点同情地嘟哝，那是因为我们是从外面来的。

所以是要算的。朵儿心想，我爸妈在海的那一边就更加要算了，生怕算错哪。

米娜笑笑，说，也可能，我的有些西人同学，没先想着上大学，人家找份工哪怕是体力活，也高高兴兴先做起来，在这里干体力活收入不低，可能比我们中意的某些白领工资还高呢。

朵儿觉得有些遥远，因为我们不是那些人家。她对表姐说，我爸妈是这样，你爸妈已经在这里这么多年了，也这样？真是一模一样。

米娜笑道，假如我说想以开花店、画画为生，我妈会得忧郁症的，她可不觉得做什么工作地位都是一样的，她从来不这样想，我笑话她是不是要过三四代以后才会有点安全感。

朵儿笑起来。

米娜对朵儿睁大眼睛，说，我妈还笑我想得太美，她说恐怕三四代都不够，啥时咱华人能成主流了，那么你开个花店，妈可能也就算了。但是你别以为主流就这么等着会来，主流是需要咱这样规划出来的，一代代人只有这样有计划地算，才能把我们算成主流，呵。

朵儿就问表姐，那么，你说我还读不读商科呢？

米娜俏皮地眨了眨眼，说，我讲了这么一通，你可以取你自己想要的意思。

米娜说这话的神情，与她所学的商科倒是十分般配，让朵儿十分服帖。

现在，米娜脸上突然掠过一丝神秘的笑意，她对朵儿说，朵儿，告诉你一个我自己的想法，以后我还是想往戏剧方向走，因为中国与美国的文化产业未来会有合作空间，所以我打算把我这个“商科”往东亚文化产业方向靠，这个我比较感兴趣。

接着她就告诉朵儿自己一周后要去上海学习，期间还会去当地一家公司实习。她说，朵儿，我得先去瞧瞧，因为站在我们这边看过去，可以感觉得到中国机会多。

朵儿到底还是小孩，眼睛都亮了，哗，你能回上海了！好羡慕哦，如果我也能跟着去，那就能带你去上海很多好玩的地方。

米娜笑道，可惜你还要等到暑假才能回家，而我在那边只做5个月的交流生，我也好想你去啊。

米娜从包里取出自己带来的相册，给朵儿看，她说，你看我们小时候的样子，呵，这张照片，我跟你站在外婆家旁边的亭子里，这个亭子还是兔子造型的呢，你看你小时候有多胖啊，好想抱抱。

这些照片其实朵儿家也有，在上海家中的书柜里可以看见它们，但朵儿记不起拍照时与小表姐头挨头的情景了，而现在，两人隔了十几年的时空，在海的这边又头碰头地挨在一起看照片，人生的时空之感让她有些恍惚。

米娜问朵儿，外婆家还在原来的地方吗？

朵儿说，还在啊，已经显得很旧了，那一带附近都是高楼小区了。

米娜告诉表妹自己准备到时候给外婆来一个突然袭击，让外婆喜出望外。她问朵儿，外婆平时都在家里待着吗，上午去好呢，还是下午去好？

朵儿说，外婆除了早上去菜场，基本上都在家里待着。

米娜问，外婆喜欢什么礼物，喜欢吃巧克力吗？

朵儿说，外婆可不吃甜的，你给她带点维生素去好了，我这里的同学回家给大人都是带这个的。还有，外婆的眉毛很淡了，她很爱美的，你可以给她带支眉笔去。

这个主意让米娜很惊喜。

朵儿还说，如果你想吓她一跳，你可以在下午的时候去小区的小公园里等她，她会去那里晒太阳。

这个主意很符合米娜热爱戏剧的个性。

米娜把手里的那条珠链给朵儿看，好看吗？我小时候从中国带来的。

朵儿眼睛瞪大了，然后差点笑坏了，说，这种东西我们那儿遍地都是，你这么喜欢，下次我给你带一书包过来。

朵儿笑成这样，并且也没提她家里是否也有一串粉红的，所以米娜也就没对她回忆这串珠链的往事。米娜只说，我戴着玩玩的。

朵儿告诉米娜，我们上海那边街上的女生都穿得很漂亮的，仙仙的。

米娜说，我知道，其实我们大学里有许多中国学生穿得也蛮好的，有些人好像超有钱的，拿LV、Burberry、BV包，开豪车的。

朵儿嘟哝，多数人可没这么土豪，同我一起出来的那些同学，学费大都是妈爸省出来的。

朵儿这么说，是因为现在有这么一种看法，总觉得留学的都是有钱人家小孩，出国留学的中学生是逃避国内学业，不懂爱惜父母的钱，没责任感，无承担意识。这让高中生朵儿耿耿于怀，只要有机会，她就得“纠偏”，她甚至为此还在网上与人争论。

米娜笑道，这我知道，朵儿，姐姐现在请你去吃饭，你喜欢吃中餐还是西餐？

14

色彩斑斓的水果拼盘，在那间凌乱屋子里，可能给表姐米娜留下了一点光亮的印象，却给朵儿惹来了麻烦。

住妈莫莉带着孩子下午从西雅图水族馆回来，看见了这几乎未动的水果拼盘，问朵儿，为什么用这么多水果？

朵儿听语气就知道她不高兴了，赶紧说，其实没用多少，只是客人没吃。

住妈莫莉的脸有些板着，说，那为什么不能吃多少用多少？

朵儿一怔，淡淡笑了笑，告诉住妈，那是客气，不可以不客气。

莫莉一怔，不明白，就说，客气不需要浪费。

朵儿说，我表姐是第一次来，我想表示待客的心意。

莫莉不认同这样的说法，就说，吃不了，就不该把水果都切开，水果都切开了，吃不了，这就是浪费食物了。

朵儿解释，吃得少，也是因为客气。

客气？莫莉指着盘子，脸开始涨红，说，切了这么多没吃掉，怎么就成了客气，这就是浪费！

朵儿感觉心里有一团气体在冒上来，她看了莫莉一眼，说，如果我表姐不客气，她都吃了，你就不会说用了这么多水果了。

住妈说，问题是你们没吃，又用了这么多水果！

朵儿感觉两个人不知在哪儿走岔了，好似在胡搅蛮缠，她说，其实我只用了一个苹果、两个橙子、两个猕猴桃，蓝莓还是我自己的。

住妈说，不可以这样，水果是吃的，不是为了看，难道为了看看都切开了就是客气吗？

朵儿脑子“嗡嗡”响着，她都快哭了。她心想，有病啊，也太抠了，我原本还想留给你看一下，等你点个赞，晚餐的时候让三个小娃一起吃的，有病啊。

住妈莫莉可不知道这女生在想什么，就觉得自己每一句话这女孩都有反驳的理由，心情就很不愉快了。

一不愉快，莫利就脱口而出：我就不相信你在自己家也是这样浪费食物的，即使你在自己家是这样的，你在别人家可要养成好习惯。

朵儿差点回过去：还浪费哪？你家还有啥好浪费的，连午餐都舍不得给我备！

但她没说出口，实在说不出口，于是扭头下楼，奔进自己的房间，趴在棉被上哭了一场。

搬走。她心里说，我发誓，一定从这里搬走，下星期一定搬出去！

在走之前，不跟你们说一句话了！朵儿从棉被上抬起头，对着门说。

上海，凌晨3点，海萍方园夫妇听见手机在客厅里响，“叮叮咚——”

方园赶紧起床，披上衣服，奔出去接。

啊，视频呼叫？朵儿的。方园看见女儿的脸在手机屏里晃动，他睡意全消，问，朵儿，什么事？

海萍在卧室里听见是朵儿打来的，这个时间点，没事不会来电，她也飞一般地奔出去。

现在，他俩面对了女儿突然而至的凌乱和哀求。

朵儿说，妈妈，我要换一家HOMESTAY，实在受不了了，我要搬出去。

海萍方园吃了一惊。

接下来听着女儿的哭诉，他们更是大吃一惊，因为在此之前朵儿可没怎么说过这家HOMESTAY有何不妥，每次问她，总答“还行”，而此刻她却满脸泪痕地说出来了一堆麻烦：脏乱、小气、没午餐、小孩吵闹、计较……

朵儿告诉爸妈，必须换。

作为妈妈，海萍以直觉相信女儿所言，因为自家的小孩不是那种娇气小孩，并且出了这个家门后，也不知是谁教她的，只报喜不报忧，是个还算懂事的中学生，蛮会忍的。

海萍想，如果不是今天实在撑不住了，小囡绝不会这样半夜三更突然打电话过来，说要搬出去。

由此，海萍觉得问题大了。让她心痛的是，这小孩竟忍了这么长时间，现在终于忍不住了才说出来，这得有多委屈啊。想想也是，是自己这个当妈的大意了，女儿毕竟还是个中学生，哪怕在自己家，与家人都不一定合得来，更何况千里迢迢去到那么远，与一个外国人家相处。自己真是大意了，先前怎么就没往这里想呢，还真以为老外都是谦谦君子、活雷锋？

海萍由此又想起了住妈莫莉那天突然打给她的那个电话。

她恍悟到，原来是这样啊，估计当时就有问题了，怪我英语不好，没听出来。

海萍一时六神无主，陪着落泪，说，朵儿，妈妈知道你不容易，除了适应学校，还得去适应一个陌生家庭的文化，大人都未必适应得了……

方园可没这么感性，老婆这样陪着哭，让他觉得只会使女儿心乱，他说，朵儿，也可能是文化差异，你与住爸住妈沟通不畅吧，是不是双方有误解？你好好跟他们再交流交流，我们再熬一年不到的时间，就上大学了，就跟他们没关系了。

他这话让海萍听不下去了，她心想，你怎么能尽怪自家的小孩，让她忍，她已经忍到不能再忍了，这老外也真是，不就是一点水果吗，又不是天天做水果拼盘，可见不是什么好人家。

海萍就推了老公一把，说，你不懂，少说两句，喂，朵儿，不要急，妈妈答应你，我们想办法换。

朵儿睁大眼睛，说，你们答应，那好，换HOMESTAY要家长和学生向“留学生事务处”提出申请，才帮办。

方园见海萍应得爽快，觉得她不懂，他知道换HOMESTAY可没这么稀松，这两年他也听人说起过类似的情况，知道这事办起来比较费周折，因为小孩的监护人是“留学生事务处”有关人士，要换的话，先要向这个机构说明原因，然后还要调查，看是否无法调解，然后走流程，帮找下一家……这么办下来，可能要好长一段时间。

于是，方园把头凑过去，对女儿说，朵儿，别急，我们想办法，但另一方面，朵儿你也忍一下，还是要跟这一家人多沟通，不要胆子小。朵儿，在外国学习，除了学课本，也要学习在不同环境下与人交流、解决问题的能力。

海萍轻踢了老公一脚，把手机对着自己，宽慰女儿道，朵儿，妈妈爸爸会帮你想办法的，我们听你的！我们换一家。

朵儿点头，像个小孩似的要妈妈保证换，她说，否则我要得忧郁症了。

海萍心想，那户人家不过分的话，女儿会这样说吗？会这样突然总爆发吗？女儿还是小孩呀，他们给点好脸色，她会不识相吗？海萍无措地看着手机屏，这张小脸好似近在咫尺，但其实遥不可及，她恨不得穿梭过去，把小囡扶到这边屋子里来，抱着安慰一场。

她向朵儿承诺一定想办法换。

后来通话结束，放下手机，海萍对方园说，女儿是怎样的小孩你还不了解吗？最老实不过了。

海萍说，对于她，现在不是做思想工作，你在单位都没份上台做思想工作，你说得轻巧，“多沟通沟通”，那你去沟通沟通看，你怎么就知道她没沟通过？老外高兴与她沟通吗，没准压根儿看不起，别以为小孩子不懂，小孩可敏感着呢。

窗外是凌晨的夜色，海萍说话的声音有些响，方园看了一眼窗子，示意她轻点，他嘟哝道，那，怎么给她办这事呢？怎么去换一家呢？西雅图那边我们俩谁都没去过，不知道那边HOMESTAY的行情、类型，也没个熟人可以托……

海萍也不知道，看着方园，同样茫然。

隔着茫茫太平洋如何操办这件事，想想那座从未去过的陌生城市，想想自己不佳的英语口语，想想那边连门朝哪个方向开都不知道的教育机构，以及如何与那些老外交涉关于换

HOMESTAY的理由，海萍方园在这个夜晚的焦虑，像窗外的暗夜。而耳畔，是方才急切的视频铃声在这屋子里萦绕。

15

一个上午，朵儿都感觉头脑昏沉。

昨天跟爸妈视频连线后，下午和晚上她都待在自己的小屋里，没跟那家人说话，一整夜没睡好。

今天来学校上学，朵儿心里在想，爸爸妈妈会跟这边的“留学生事务处”联系吗？他们又写不好英文邮件，那么还是我先写一个传给他们，让他们再传过去……

午间休息时，朵儿就在物理教室里写邮件，写着写着，眼泪落下来。

这时有人走过来，说，玛丽，你来一下校长室。

朵儿抬头，见是“国际学生办公室”的诺娃老师。诺娃老师注意到了朵儿脸上的泪水，有些吃惊，嘴里“哦”了一声，说，Sorry，怎么了？

朵儿收起笔记本，说，没什么，在给家人写邮件。

诺兰老师好像顷刻明白了，把手搭在她肩上，说，玛丽，来，我们一起过去。

朵儿跟着诺娃老师穿过午间喧闹的走廊。

朵儿以为爸妈把想换HOMESTAY的事反映到学校了。

朵儿走进校长室，有些意外地看见杨冰和她那几个死党都在。朵儿就知道不是关于自己换HOMESTAY的事了，那么，是什么事呢？

朵儿此刻见到她们有些别扭，因为最近她们是不跟她讲话的。而现在她们大多低着头，神情有一些尴尬。

朵儿还没回过神来，校长已经告诉她了，学校将对杨冰等人对她的“冷暴力”行为进行警告，现在让杨冰给她道歉。

冷暴力？

这词的冷感，瞬间让朵儿近来面对她们时的那种不安、孤单感又扬上心来。

她惊异于这词的准确，但又相当惶恐：原来，学校对杨冰进行警告，不完全是因为上次杨冰推搡了我，更主要的是因为她们此后不理睬我、也让别的女生不理睬我这事，这叫“冷暴力”，这跟我们那边真的不一样，在国内，女生相互不理睬没人觉得是“暴力”，而在这里，杨冰因此受到了警告。

朵儿看见杨冰脸色有些苍白，也有那么点难受的表情，但也还好，她一向比较酷。

接着，杨冰站到朵儿面前，道歉。

于是朵儿听到了这样几点“冷暴力”的缘由，这缘由与之前的“推搡”事件亦有关。杨冰这样说：

一、看不惯她（朵儿）傲骄，开始时与自己蛮好的，后来独来独往，邀她一起去玩也不去。（朵儿心想，哎，我哪有时间总跟你们去玩，也没钱总跟你们扎堆呀，我妈关照我是来读书的，一定要考名校的。）

二、看不惯她高冷、小心眼，问她题目，有时她会做也不说，我不喜欢这样。（朵儿心想，你总是来问，每天晚上都要打电话来问，明明这题目昨天已教过你了，不带这样的，换谁都会烦，自己的作业自己做，在中国家长都会有意见的，其实你该请家教，我不是家教。）

三、她在同学那儿议论我，说“我们跟杨冰不一样，我们只有读书”，什么意思？这让我不舒服，尤其还跟男生洛克他们说。（朵儿脸红了，心想，有没有说过？可能有过类似的一两句，但这是实话，你那么在乎读书，那就读呗，明明没在乎，还怪别人说。）

四、洛克被她挑拨了以后，跟我也疏远了，问洛克作业，他还说“朵儿听一遍就明白了，而你怎么讲都不明白，你要不别选微积分了”，所以看着她与洛克在一起，就会生气地想她又在说我了。（朵儿心想，哎，我哪跟洛克老说你了，再说洛克怎么评价你，那是他的事，不关我的事。）

她有没有暗恋洛克并因此瞎猜疑朵儿，她可没说，学校也没空在意。

她心里对于朵儿还有哪些情绪和想法，她也没说，学校也没空在意。

学校在意的只有一桩：你不能让别人不跟谁说话，尤其不能让一群女生不跟哪一位说话，如果这样做了，就是冷暴力。

杨冰显然对这个词也有点蒙了，她对校长说，我没对她暴力。

从校长室出来后，诺娃老师把她们这群人送到走廊上，说，记住了，从这里离开后，不可以像以前那样搞小团体，不可以彼此不理睬。

女孩们在教学楼大厅散开，各自去下午所选课的课堂里。

朵儿看了一眼没走开的杨冰，杨冰正瞅着自己呢，朵儿心里有些奇怪的情绪，杨冰可是因自己得了一次警告呢。

朵儿轻声说，你别怪我，你不会怪我吧？

杨冰摇头，嘴角掠过一道古怪的表情，说，没准还谢你哪，说不定把我给弄回国去了，反正我有两次警告了，谁让我爸把我搞到这里来了，我又不像你这样嗲嗲女、懂事女，我要回去。

朵儿不知她在说啥，但显然也不是在说反话，朵儿感觉得出此刻她的乱情绪。

朵儿说，嗲嗲女？我哪有，我自己也正心烦着一堆事呢，我也恨不得这两天回去。

杨冰盯了一眼朵儿。朵儿脸上的低落是一目了然的。

杨冰说，得得，上课了。她拉了一把朵儿的衣袖，往前走。

这算不算和好，很难说，但至少说话了。

而朵儿知道，在国内的时候，不说话的女生也常是这样，说了一句话后，以后就又说话了，又好了，但在这里，这中间你犯了"冷暴力"，所以要留个心。

16

一大早，董胜男站在银行门口，对前来上班的海萍说，朵儿妈妈，不好意思，我又来了。

马路上是早高峰的拥挤车辆，雾霾已笼罩城市好几天了。此刻灰蒙蒙的空气，浓郁的汽车尾气，让刚开始一天奔波的不少人戴上口罩，遮住神情低落的面容。

胜男的丝巾在秋风中飘动，衬着她忧愁的脸色，她对神情同样疲惫的海萍说，朵儿妈妈，不好了，真被警告了。

此刻海萍真的很累。从昨天凌晨与女儿通话后，朵儿的小脸就一直晃动在海萍面前。换HOMESTAY这事，让海萍和方园手足无措、寝食难安。昨天中午他们托表姐林红，拐弯抹角地找到了一位侄子在西雅图的医生朋友，看能不能托他帮着在当地物色合适的寄宿家庭，因为通过当地教育机构“留学生事务处”办理换HOMESTAY这事可能比较慢，所以最好两条腿走路。很可惜，昨天晚上得到医生朋友的消息，那个侄子最近在北京，要下个月中旬才返回西雅图。

现在面对胜男迎步上来，海萍心里的叹息像涟漪一样在黏糊糊的晨风中荡开来，她想，可怜天下父母心，咱中国人就是为了小孩的。

海萍知道这个女人一大早来这儿等自己，是为了捎来关于她那“惹事小主”杨冰的消息，也正因为此，海萍对朵儿涌起了更深的悯惜：不容易，这么多事都让你不好受，你才多大啊，妈妈心疼死了，宝贝，我们要么不读了，回来，妈妈养你。

在这样的心情下，海萍自然对面前的这个女人比较冷淡。

胜男没在意海萍的脸色，她把海萍拉到银行大门右侧的石狮子旁，说，我没想到，我以为受警告是因为上次推推搡搡，没想到不完全是因为这个，更主要的是因为“冷暴力”。

其实对于杨冰因“冷暴力”受警告，海萍已有所闻。昨天中午，海萍想再稳一下朵儿的情绪，又去了银行三楼小会议室跟女儿视频了一会儿，她承诺朵儿，一起想办法解决换HOMESTAY这件事的，会办的，但不能急，办这事需要点时间。通话快结束的时候，女儿突然告诉她，杨冰受警告了，是因为“冷暴力”……光这个词的色调就让海萍瞬间心痛了，那些缺少教养的小孩子真的是不懂事，你们都是同乡呀。但海萍没就此对女儿多说什么，只是“嗯”了声，说了句“她们做错事了，就该得到教训”。海萍没再多说，是怕牵出女儿更多的敏感和难过，何况女儿眼下还正为HOMESTAY烦着呢，而海萍心里则在说，你看看，小囡你去了美国后学会了心里藏事，“被孤立”这件事你之前可从没跟大人讲过，藏着呢。

此刻董胜男一早跑来说这事，让海萍皱了眉。

海萍心想，你想要我怎么说呢，至少从我这个妈妈的角度看，这“冷暴力”确实该治，每一个东亚妈妈都该关照自家小女生别拉帮结派使小性子，还使到国际上去了，这个太土。

胜男显然不是来让海萍表态的，她在说自己笨。

她说，这说明我上星期没当机立断，错失时机了，其实上星期我就应该马上动身去奈特利高中解决问题，否则也就不会因为前面那个“推搡”，引出后面的这个警告。朵儿妈妈，你说我是不是笨透了，学校既然来电话反映了，就说明孩子有事了，即使表面看不是大事，但孩子心里一定是有事了，有疙瘩了，那我还等什么啊，我真傻了，不赶过去消灭在萌芽状态，还左右猜测学校不会因为这点“推搡”警告小孩，还以为可以借此教训她爸爸一顿就是聪明了，结果昏头了。如果当时我就飞过去把小孩的心结给解了，哪还会有什么“孤立同学”啊，你说小孩有什么了不得的心结啊，拉着她们说说话，吃个饭，没准就好了……

海萍点头，这女人说得也对，可见对于小孩，当妈的是否在近旁，真是太要紧了。

海萍心里对女儿的悯惜又在隐隐作痛，她瞅了胜男一眼，心想，你叽叽呱呱这么会说，这么会算，真是白搭了，你连女儿都没教好，让我女儿受了欺负。

胜男见海萍在点头，接着说，这一次我不能再坐等了，我怀疑小孩心结还是在的，谁知道后面还会给我惹出什么事来，这小姑奶奶。所以，我们得马上过去，我们杨冰不能再有什么事了，如果再被警告，我都怀疑她是在“攒”警告想被退回来了，因为她老说要回来，要跟我在一起。

胜男说着就哭了，说，跟我在一起，能有什么呀？在那儿她至少值5个亿，他有多少身家，他这个大女儿就该有多少份。

在银行大门前说钱，说这么有钱，还是对着这位显然没太多钱的母亲说，这有些怪异了。胜男意识到了，她转回话题说，朵儿妈妈，我认为我们得马上过去，谁知道学校这么处理后，小孩之间是不是还有心结？

经她这么一说，海萍突然有些心跳，是吗？

胜男说，想到这个，我心里就别别地跳，我们一起去西雅图，一起过去防患于未然。

海萍吃惊地睁大眼，说，一起去？

对的。胜男笑了笑，说，你忘记了？我们有“教育基金”，这个时候花，是刀刃上。

海萍其实没有犹豫。

她不可能犹豫，这两天她是多么想奔过去，帮女儿处理HOMESTAY的事，帮女儿疏导不开心好久了的情绪，什么杨冰，什么冷暴力，什么水果拼盘，什么悲催午餐，都去他的，宝贝要勇敢，没事的，我们自己强，随他们去……

面前的这条马路此刻被堵得水泄不通。许多司机遏制不住地按着喇叭，“嘟嘟”的声音此起彼伏。快到9点钟了，银行马上要营业了，海萍准备进去上班，她对胜男说，我得想一下。

胜男脸上闪过一丝不好意思，说，朵儿妈妈，对于我女儿那个警告，我相信未必没有补救的可能，东方小孩子从小生长的文化环境与美国不一样，我要跟学校说明这一点，求求他们，求他们原谅这一次，告诉他们杨冰现在有认知了，知错了，下次再也不犯了，能否免了这次警告，否则杨冰就有两次警告了。我们认错了，朵儿妈妈，我想请你和朵儿一起帮杨冰向学校说说情，杨冰还是个小孩，还有那么个妖媚小妈在身边，真的是比不在身边还麻烦……

中午海萍给老公方园打了电话，说，要不下周我去一趟美国，与董胜男一起过去，她家出路费。

方园倒是犹豫了好一会儿，后来也认了。

海萍知道他对花人家的钱不舒服，但她已经说透了：我们也是帮她，万一能说通学校免警告呢？既然是帮她，那么她帮我们在这个节骨眼上去朵儿那边，算扯平，本来事情也是她女儿惹出来的。

海萍放下电话，给女儿发了条微信：妈妈下周过来，宝贝。

一分钟后，海萍手机“叮咚”响了一声，朵儿回过来了：真的呀?！太好了，妈妈，等你。

17

这本是心情有所转机的一天，但下午3点钟的时候，海萍突然接到了一个电话。

在海萍后来的回想中，这电话，就像生活冥冥中注定的某个闪失，当人孤注一掷、全力以赴某个目标时，对它的惶恐其实也一直潜伏在心底，那是对闪失的提心吊胆，你会期望一万个侥幸，别出什么岔子，但有时候，它偏偏来临。

后来海萍对别人说，这说不上是命，过日子本来就像跷跷板，这头好了那头就会跷起来，老人这头无恙了，小孩那头就来事了，家里平顺了，单位又折腾你了，这一头刚刚觉得有转机了，那一头就给你大麻烦了。想想也是，天下哪有尽顺着你小老百姓盘算的事，这个其实我们原本也都懂的，所以从朵儿去了那边的第一天起，我就在心跳了，我想，走留学这一步，走下去，没回头路不怕，这中间无论我们还是女儿，不能出什么岔子，无论是经济上，还是身体上……

这个下午3点钟，海萍拿起桌上鸣响的电话，一瞬间，她就站在了这个岔子口。

电话是医院打过来的，让她尽快去复检。

海萍脑子里嗡嗡地响。医院说的是前两天单位安排的员工年度体检出体检报告了，海萍的乳房好像有问题。

海萍压低声音问什么问题。那头是医院体检中心，回答她，还不能确定，所以尽快来复查。

海萍放下电话，意识里一片空茫。最近这些年来，各家单位体检每次好像都是在抽命运签，就海萍所知，自己单位、周围熟人单位、业务往来单位，每年都会检出个把人突然得了重病，比如前年自己银行里，上午体检的，下午电话就打过来了，说老何肺里有问题，赶紧复检，结果是肺癌；而去年，下面支行竟然查出了两个，一个依然是肺癌，一个是乳腺癌……大家都纳闷这种病现在怎么越来越近了，可能是污染吧。于是在集体叹息中，这一年这一轮的惶恐就过去了，等第二年又一轮的不安上场，也不知是怎么了，这年头人这身体啊。

而现在，医院的复查电话竟然打到了海萍的桌上。

海萍立马感觉到了胸口一侧的隐痛，可能是心理作用，不会那么快吧？

海萍起身去洗手间。洗手间里没人，海萍关上门，抚摸乳房，感觉右边有点硬块，这是吗？

平时偶尔是有过隐隐的痛，但更多时候也没知觉，还以为是心事多压力大胸口闷痛。

她想，不会是乳腺癌吧？如果是，那该怎么办？

洗手台上方的镜子里，映着海萍茫然的脸，凌乱的思维这一刻像无数线头在脑海中放射，不知如何分辨，渐渐地，这些线头的另一端开始清晰起来，它们连接着的是方园、妈妈、爸爸、兄弟、姐姐……尤其有一条执着地穿梭而至，那么遥远，强劲，跨洋越海，那是还在读中学的宝贝，朵儿。

她想，如果是的，怎么办，得花多少钱治啊？

如果是的，能有多少时间呢？

如果是的，那么朵儿后面的学费怎么办，方园一个人行吗？

如果是的，小孩在那边知道了怎么办，会非要回来看妈妈吗?

如果是的，我下周还能去美国吗?

如果去不了，那么朵儿换HOMESTAY的事怎么办?

如果不换，小孩还能顶得了多久? 如果她再知道了我得大病，她顶得了双重的心烦意乱吗?

洗手台上打开的水龙头在哗哗流淌，如同她奔涌的纠结。

同事蒋淑秀突然进来上洗手间，见海萍在镜子前，就笑着打招呼，萍姐姐，祝贺哦，要当官了呀。

海萍扭头对她笑了笑，说，哪有啊，还没定呢。

蒋淑秀凑过头来轻声说，你早该上了，说真的。

海萍伸手从水龙头接了点水，抹在额头上，笑笑说，呵，谢谢，我还得再想想呢。

海萍心想，哪还会再想啊。

那顶小乌纱帽，在此刻的情绪里，是那么轻缈，那么不可能。海萍回过头来，对淑秀说，真的。

海萍说着走出了门，穿过走廊，走向自己的座位，外面大厅里许多人在等叫号，“A0023号到4号窗口”“C0143号到8号窗口”……那些干练的银行同事都低头在柜台上、电脑前忙碌。

当海萍在座位上坐下时，她已理清了思路：

一、明天去复检。

二、今晚回家先不跟方园说这事，别让他心乱。这两天方园在四处托人找西雅图的人脉，就让他一心一意快快找到人吧，再说我也不一定是乳腺癌，现在就让他跟着乱，没必要。

三、更重要的是，只有现在先不跟他说，那么明天复查后，如果结果不好，还有先瞒他几天的余地，自己还有先跟董胜男去美国办事的可能，不差这几天治疗的，只要晚10天时间我就可以去那边先帮朵儿处理好HOMESTAY，再舒解她最近的情绪，这小孩去了美国后学会了心里藏事，但这么个小人儿又能藏得了多少委屈呢，得立马倾诉出来，尤其是对妈妈倾诉出来，这不可以等。

四、假设明天结果不好，那就更需要以迅雷不及掩耳之势，先去安顿好朵儿在那边的事，否则后面就更没时间和可能性，方园未必懂、未必听得进这个道理。

五、什么事都得一桩桩办，办一桩卸一桩，安顿了朵儿，我才能静下心来治疗；朵儿也一样，只有当这小孩在学校、住家安然时，她才有能力去面对妈妈病了这一现实，否则几方面同时受压，别说小孩了，大人都承受不了。

海萍坐在办公桌前，手指在电脑键盘上敲打，处理她熟悉多年的业务。

她知道这个下午自己已站在一个岔口了，这岔口使她原先想定的那条路途出现了变数。

上天保佑。她在键盘声中对自己说。

她心里已经想好了：无论是否确定病情，先一个人应对。

18

表姐林红是医院的眼科医生。

上午10点，海萍在眼科诊室门外探头进去，看了看，见林红正好空着，就叫了一声“表姐”。

林红注意到了海萍疲惫的脸色，也看到了她手里拿着的装X光片子的纸袋，就赶紧出来。

怎么了，生病了？林红问。

海萍笑了笑，向她摇了摇手里的大纸袋，那是她刚才从医院体检中心拿过来的。海萍告诉表姐，医院让我来复查，挂了号，但没挂着专家的号，看样子，得请专家看看，你能托托人吗？

现在看病常要托关系，林红对海萍来找自己不意外，但海萍的镇定神情倒是让她有些吃惊。她拿过海萍手里的片子，说，哦，是乳房，现在这病是比较多的，查查是好的。

到底是不是还不知道呢。海萍皱眉笑着，关照表姐，哎，表姐，你先别对方园说，他一旦大惊小怪，我家别的事就没法做了。

林红应了声，就去打电话找人，终于找到了全院最有名的专家林载道，人称“奶爸”。林红赶紧带着海萍过去。

“奶爸”林载道是位中年大叔，戴眼镜，眼神犀利。他好像挺高兴别人叫他“奶爸”。

他看着片子，点头，淡淡地说，基本是的，但还是做个“穿刺”检查一下吧。

于是海萍去做了“穿刺”。等结果出来后，一看，是的。

海萍对林红说，我倒霉了。

林红心情瞬间低沉，她看着海萍黯然的脸神，安慰道，现在这种病也算是常见病了，只要手术做得干净，养得好，没事的也很多，过得蛮好的也不少。

林红有些咬文嚼字，话里躲闪着的信息让海萍脑子里“嗡嗡”作响。

海萍知道，得这个病的人各有各命，不要紧的，还行的，扩散的，很快就走的，都有。

林红赶紧带着海萍上楼，又去找“奶爸”，商量治疗方案。

“奶爸”说，动手术。

切除？海萍问。

“奶爸”说，是的。

海萍心里飞快地跳起来，说，什么时候动手术？

林红在一旁笑道，还什么时候？当然越快越好，给你找了“奶爸”，他多忙啊，手术排得不要太满哦，“奶爸”，帮个忙，早点做了。

“奶爸”在看桌上的日程表，说，要不星期五吧。

海萍脱口而出，能不能再晚一点时间？我要准备一下。

“奶爸”就继续看日程表，看看后面还有哪天，他的手术确实排得比较满。

趁他在看日程表，海萍又问“奶爸”，切除后，恢复要多久？

“奶爸”没回答这个问题，而是说，后面是治疗，有几个疗程。

化疗？海萍说，我不要化疗。

林红白了她一眼，心想，有病啊，一会儿晚点，一会儿不要化疗，由你点菜啊，当然是越快做掉越好，姐托上这“第一把刀”不容易，后面排着的多少人巴不得插上来。

林红就拉着海萍往外走，一边回头对“奶爸”笑道，这样吧，“奶爸”，要不下周吧，具体时间我再跟你确定，“奶爸”你一定要帮这个忙，我弟媳哪。

出来后，海萍对林红说，还要做化疗吗？

当然要，做了放心一点。林红说。

海萍嘟哝，人会很难受吗？头发会没吗？

林红没正面回答，而是说，现在的药跟从前的不一样了，现在的好。

海萍说，那朵儿看到了会吓一跳的。

林红说，朵儿不是在美国那边吗？

海萍轻轻摇头说，那还有视频呢。

林红说，哎哟，你还在想这个？治好了，活得好好的，才是朵儿的福。

海萍盯着林红的眼睛，笑了笑，又问，真的下星期就做吗？表姐，我觉得太急了，能不能半个月后再做？

林红差点昏倒，说，我是医生，我知道马上做掉好，再说，你以为“奶爸”这么空吗，外地有多少医院在约他的时间。

海萍往楼下走，她让表姐赶紧去上班，她说，我再想想。

海萍向前走了几步，又回头叫住林红，匆匆过来说，表姐，你先别告诉方园这事，他这人太感性，让我想想再跟他说，而且最近我有一件事要办。

林红一脸纳闷，想问为什么。而海萍已经下楼了。

海萍走到楼下，发现那张X光片子还在自己手里，就又返回医院二楼体检中心，去还片子。

上午来借的时候医生有交代：复查后片子要还回来的，因为是单位体检，过两天你们单位会派人统一拿回去的，否则会搞混的。

海萍在体检中心把片子还给一位女医生。医生瞅了她一眼，问，怎么样，还好吗？

她摇头。医生安慰了一句，发现早总比发现晚好。

突然海萍想到了什么，对医生说，别告诉我单位，我不想让别人知道。

医生见多了这样的，理解。这些上班的人，总是各有各的保密理由。

医生看了一眼这个面容忧愁的女人，点头，而嘴里提醒道，你自己还是要重视的。

下班后，在回家的地铁里，海萍听到手机“叮咚”一声，从包里掏出来看，是表姐林红发过来的短信：实在不好意思，海萍，我刚才还是告诉了方园，我不放心，因为你是我妹妹，他是我弟弟，这么做是必须的，病马上得治，不能拖。

19

于是一踏进家门，海萍就面对了方园的抓狂。

抓狂是因为她得了这种病还要坚持去美国。

方园说，昏头了，你知道这是什么病吗？癌症啊！

海萍放缓声调，说，方园，我知道，但我们也别听风就是雨，不是我不治，而是晚几天做。不差这几天的。

方园一百个不同意，他语无伦次，只念叨着一句话：你知道这是什么病吗？

海萍宽慰他，如果单位组织的这次体检本身晚个十天二十天呢，不就还啥都不知道吗？方园，我就晚个几天吧，我从美国回来再做。

日光灯下，是方园发急的脸庞，他头发里好像向上升腾着一缕缕焦虑的烟。

他说，你拖拖拉拉，考虑结果了吗？考虑这个家的以后了吗？这个家，没你顶着撑着，我吃不消，如果你不给我好好的，我和朵儿扛不住，小孩人在那边，还是中学生，我们选的这条路，就是没病没难的，扛下去也是吃吃力力的。

海萍看着方园削瘦的脸庞，无措的神情使他像一只警觉的忧愁鸟雀。

其实在这间屋子里，自从朵儿去了那边之后，留下来的两个大人真的就像空巢里的两只大鸟了，好多乐趣似乎都被那个小人儿带走了，留下他们每天张望、念叨彼岸自家的小身影，那个这一家的未来，哪想到如今这屋子又偏偏屋漏遇雨天，危机已迎面而来。

海萍走到方园身旁，把手指插进他的头发，说，方园，正是考虑这个家，我才想早点把有些事处理好，先减掉一些负，你懂吗？只有朵儿那边好了，我们才能在这里稳住，我才能静下心来治病。

海萍把昨天下午自己在单位里想明白的几点理由，对他说了一遍。

方园没听进去，他摇头说，错！

他从沙发上站起来，摊开手，说，我们只有先在这里稳住，朵儿那边才会好。

他看着海萍，眼睛里是温顺的忧愁，他说，海萍，就现在这个情况，我们得一天天地计算我们能稳住多久了，稳住越久，朵儿那边才撑得住越久，一直到她毕业。

海萍怔住了，这话刺到了心痛。这是另一个角度。

她眼前晃过朵儿的小脸，心里瞬间被暗示折磨：小孩在那边会断供吗？

果然方园说，别的不说，朵儿后面的学费怎么办？至少还有4年大学，靠我一个人的工资行吗？你不肯在意你的身体，你说怎么办啊……

海萍心里的迷惘和动摇在滚滚而来。

方园哀求她听话，别跟董胜男去美国了。

他说，朵儿也大了，那边的事就让她自己去应对吧，不要舍不得她撞头，如何与人相处谁都要经历这一课的，撞过头，沟通过，才会有情商，否则迟早会交作业的，你就让她自己去想办法吧。

他说，只要我们在这里先保护好你，就稳住了我们自己的阵脚，她就能在那边待下去，熬过去。

20

朵儿站在西雅图塔克马机场出口三楼的天桥上，从这里可以看到下面出租车和公交车的站点。

天桥上，有旅客拉着行李箱在匆匆地走，一辆辆车正从天桥下飞驰而过，像不停歇的水流。

倚着天桥玻璃窗的朵儿，像一只小猫蜷缩在这庞大的空港一角。她在想，如果妈妈来的时候带的是大箱子，那么我们就去打车，如果不是太大，我们就乘坐公交车。

这是下午3点40分，朵儿从学校放学后，转了两路车，来到了国际机场。

朵儿上学的这个区域，离国际机场很近。最近这几天，朵儿放学后都来这里。她发现自己喜欢上了这里。

最初是想来熟悉一下公交车路线的。妈妈不是马上要来了吗？朵儿想自己得来接她，妈妈英文不好，不接是不行的。

除了探路，朵儿还想熟悉一下机场内部各区域，拍几张照片发给妈妈，好让她出关的时候心里有谱。

在机场逛了几圈后，现在朵儿最担心的是妈妈出关后，从出关口到领行李处，再到机场出口这段路，因为这中间要乘坐一段小火车，她怕妈妈搞不清楚。

除了这些接站的细节，还让朵儿比较劳心的是：妈妈来了之后住哪儿？

去HOMESTAY莫莉家，与自己挤一张床？

虽可以，但那个奇葩之家实在太乱、脏、差、吵，她真不希望妈妈住进来。

那么去城区找一家性价比高的？朵儿就在Booking上查，holidayinn，500元一晚，可以吗？当然，如果妈妈舍得，喜来登酒店那就更好啦，800元，优惠价。

朵儿心里则在泄气，她知道妈妈多半舍不得。那么就劝她舍得一次吧，毕竟是第一次到美国来，而且是来看女儿呢，总要花点钱的。朵儿心里想象妈妈可能会这样回答：朵儿还在读书要用钱呢，以后等朵儿工作赚钱了，我们再好好来玩……

朵儿这么想着就想笑。朵儿就查那些更便宜的快捷酒店，还是有的，大都在城区的不同方位。

想不好妈妈会怎么选择入住的地方，那就等妈妈来了再定吧。

朵儿在机场里东张西望，想象着妈妈的到来，在这个过程中，四下空旷疏离、过客匆匆的空港场景突然让她觉得亲切，她心里奇怪地涌上来了安然、快乐的感觉。

她发现自己喜欢这里。

怎么说呢，就是那种好像要去一个地方，而这个地方自己可以去的感觉。这感觉在上海浦东机场时可没有，而在这里居然有。

后来她明白过来，这隐隐的高兴劲儿，是因为这里也是可以回去的地方，从这里可以回家，只要从前面那个出关的口子出去，坐上飞机，就可以回上海了。

其实也蛮简单的，她想。

她喜欢这里，还因为喜欢看那些拉着行李箱从出口处出来的人。他们才下飞机，样子蛮有趣的，比如现在她看见那些刚从上海过来的旅客了，东方面孔，拖着皮箱，拎着包，提着茶叶盒，还有一个穿着旗袍。可惜他们中间没有妈妈。

她就去看航班号。从上海每天过来两个航班，一个“达美”，一个“东方”。她估计妈妈到时可能会乘坐“东方”吧。

这么想着，航线的那一头好像更近了，她对着那些旅客看呀看，好像是接人的样子。她知道自己这样子有点傻。而那些人接踵而至、步履匆匆的样子，使这条路途变得轻易起来。

朵儿就是这样喜欢上了国际机场。

尤其是放学后先来这儿逛一会儿，比先回HOMESTAY莫莉家，更让她心情轻快。

于是，连着几天放学后，朵儿像一只小猫，在这异域的空港里走动。没人过于注意她。

只有一次，她听见两个高大的空乘人员拖着箱子从身边经过时说了一声“中学生”。

她脸红了，好像被窥见了心里的秘密。她想，他们怎么知道我是中学生?

哦。她马上明白过来，是背上的双肩书包。

朵儿喜欢这里，除了这里与“回家”“上海”“妈妈要来了”有关，还因为这空港里时时演绎着的一些情境：

比如，她发现那些到达的人与那些候机的人，神情往往不一样，到达者大多是松了一口气的样子，然后急匆匆地拉着行李继续赶路，而那些在出发大厅候机的人，不少脸神忧愁，估计全世界的机场都差不多，上海、西雅图、墨尔本，每次告别时的表情，妈妈的脸、爸爸的脸、舅舅的脸，同学的脸……感伤都基本相像。

今天这个下午，朵儿从天桥转回出发大厅时，她就看见了这样一张奇怪的脸。那是个中国男孩，朵儿感觉他比自己大几岁，正抱着一只小狗，坐在门口的地上，在对它说话。

他穿着黑色阿迪运动夹克，背着迷彩双肩包，戴着棒球帽，一只拉杆箱放在身旁，他怀里的那只小狗是泰迪，巧克力色，他在对它说话，它静静地看着他，他把它放在地上，它在扭屁股，好像一个小孩，在表示不肯。他就凑在地上对它说话。

朵儿经过他们身旁时，好奇地问，这么好看的狗，它叫什么名字?

棒球帽男生抬头告诉她，尼尼。

朵儿好奇地问，你带它坐飞机？

棒球帽男生摇了摇头，低头抚摸尼尼的头。

尼尼真像个小孩，眼睛里是有神情的，它在表示不肯让主人离去。

见面前的这女孩没走，棒球帽男生就告诉她自己要回国工作了，但这小狗带不回去了，养了四年了，所以不舍得它。

朵儿蹲下来，问，那你干吗不带它回去？

棒球帽男生笑了一下，说，你知道带它回去要花多少钱吗？比带一个人回去还贵，要两三万块钱，而且我妈妈不会同意的。

朵儿看着这摇着尾巴不舍别离的小狗，很为它伤心，伸手抚了一下小狗的背，说，那么怎么办呢？

棒球帽男生没回答她的问题。他凑在地上哄小狗，待会儿他就要登机了，他在对它说，尼尼，这辈子没机会见面了，要好好的。

朵儿觉得自己眼睛里有水，她尖声说，那你把它放在这里了？不管它了？

棒球帽男生见这小女生眼圈都红了，忙安慰她：我托一个朋友收养它，说好在这里等他来接，但他还没来。

朵儿说，他不会不来了吧？

棒球帽男生说，他在路上了，快到了。

朵儿说，给我抱抱好吗？

棒球帽男生抱起狗，把它放到这软心肠的女生手里。是中学生吧？他问。朵儿点了下头。

它在朵儿手里像个宝宝，温软的一团。朵儿说，如果当初不养，也就不会难过了。

棒球帽男生瞅了她一眼，说，你怎么这样说话？你能说你妈妈爸爸干吗养你吗，我养它也是一样的。

他其实没说清逻辑，但朵儿眼泪就“哗哗”地流下来，吓了他一跳，他忙说，别哭，别哭。

这时那个来接小狗的朋友来了，他气喘吁吁地奔过来，说，不好意思，刚在排练呢。

这是个瘦高男生，穿着蓝色休闲西装，应该是大学生，或者大学才毕业的样子。

棒球帽男生说，励云，你再不来，我就把尼尼让这小妹妹养了，她会对它好，我看出来了。

朵儿抹了下眼睛，说，我真心想养，但住妈住爸可不会让我养，如果在中国自己家，我就抱回去了。

棒球帽男生从地上站起来，对这个刚到的朋友说，好了，我要去登机了，对它好点哦。

然后，他俯身把狗从朵儿怀里抱起来，举到自己面前，对它轻声说，我要走了，这辈子可能都不一定能见到了，尼尼，我知道你会记着我的，尼尼，Bye。

棒球帽男生把小狗交到朋友手里，随后拖着箱子走了。

那只小狗在叫唤。

朵儿看着它，感觉泪水再次夺眶而出，她呢喃道，要是我就带它回去。

瘦高男生抱着小狗，转过脸来看了一眼这女生，又回头，想看看棒球帽男孩的背影，他已经走进了出关口，不见了。

瘦高男生说，人真的很奇怪，一方面怕伤心，一方面又要养，养的时候怎么就没想过哪天总要别离的。

朵儿没头没脑地接话道，可见只有多赚钱，才能把它带回去。

朵儿问瘦高男生，我还可以看见它吗?

他想了想，说，好的，你可以在大学广场那边看到它，我们常在那儿排练，没准我会带它在那儿。

排练? 朵儿问。

瘦高男生笑道，是啊，我们玩快闪，街舞，如果你星期六去大学广场那边，可能会看到它。

你叫什么名字?

励云。瘦高男生抱着小狗尼尼往机场门外走。

朵儿觉得尼尼的眼神是那么惶恐和无辜。她拿出手机，追在后面，给它拍了张照片，然后向它摇摇手。

朵儿准备搭公交车回家了，已经5点半了。

她坐电梯到三楼，穿过三楼天桥的时候，又逗留了一会儿。她贴着天桥的玻璃窗，看傍晚时分桥下如水的车流，穿堂风拂面而过，好像让刚才哭泣过的情绪平缓了一些。她拿出手机，想再看看小狗的照片，因为它的小脸依然在她面前晃着。

这时她看到了妈妈发过来的一条微信：朵儿，妈妈因为工作安排突然起变化，实在不能来你这边了，妈妈也很感意外。妈妈认为朵儿完全有能力应对你现在身边的状况，包括HOMESTAY。朵儿，妈妈希望这样：首先，你要再好好跟住妈住爸沟通，看看有些事是否能协商得了；其次，如果实在沟通不了，那么妈妈爸爸再与“留学生事务处”联系，协商换一家，只是这样需要时间，可能要等，而等的过程中，你与现在HOMESTAY一家还要好好相处，保持耐心，不要心烦。朵儿，我们要学会处理与他人的关系，就当它是一门哪怕没趣的功课，做好了，心里就轻松一些，人要过的一个个关都是这样过的。

朵儿愣住了，妈妈突然说不来了。

她是多么失望啊。

后来她趴在栏杆上哭泣。

21

一大早，方园就骑车去妈妈家。

自行车掠过清晨的大街，此刻空旷、宽阔的路面让你无法想象一个小时后，这里让人抓狂的上班高峰期的拥堵场面。

而此刻，方园心里的情绪却在拥挤。他想象着即将面对的妈妈的愁容。

妈妈昨晚已忧心忡忡地打来过询问的电话，因为表姐林红已跟她讲过海萍的病况了。方园今天一早赶去劝慰老人不要着急，此外，他还要去办一件事，找一本以前的通讯录。

方园妈妈赵姨正在家中的凉台上张望，一大早她就在等方园的到来。她知道儿子会过来。

果然她看见儿子骑车的身影从楼下掠过，于是赶紧走到门口去开门。

方园进门后，赵姨问他，吃过早饭了吗?

方园摆手说，没吃过，等会儿去单位再吃，妈妈你别忙这个。

赵姨还是从厨房里端了一碗粥过来，眼神忧愁，嘴里在说，方园，你看看这怎么办哪？

方园知道妈妈指的是海萍的病。方园没吭声，拿过碗，低头喝着。他感觉妈妈此刻视线里的忧愁在这间老屋里漫成了大雾，正笼罩在他身上。

方园抬起头，笑了笑，说，妈，也不要太担心，林红找到了他们医院“第一把刀”，再说，现在得这种病的人很多，治得好的，活得蛮好的人也不少，人家宋美龄就得过这病，都活到了106岁。

赵姨说，有多少人是宋美龄啊？

她摇头叹了一口气，唉，你们要苦了。

她脸上是深重的愁云。她说，我知道这种病，好的坏的，说不准的，我们学校的杨老师都得了15年了，现在还好好的；但薛丽老师才勉强熬了3年就走了……

方园说，妈妈，不要总想不好的，海萍发现得还算早。

赵姨看着方园，仿佛看到这小小的一家子即将吃的苦，她说，都说这种病我这个年纪得了反而没什么事，而海萍这个年纪最不妥，因为还在工作，压力大，你说说这怎么办呢？朵儿还在外面呢，还要读四五年吧，咱这还扛得了吧？妈妈昨天一夜没睡着。

方园不知怎么劝妈妈，老人本来凡事都习惯往坏处想。

听她说到朵儿，方园突然想起来了，就告诉妈妈，如果朵儿有电话打过来与你说话，千万别告诉她这事。

赵姨说，这我知道，这么个小孩一个人在外面，怎么可以让她知道。

赵姨问，那么这次海萍也就去不成美国了？

赵姨前些天已经知道海萍要去美国看朵儿了，为此她兴冲冲去中国银行换了400美元，给朵儿包了一个红包，另外还准备了几瓶话梅，准备让海萍带去，因为她知道朵儿喜欢吃。

方园告诉妈妈，不去了，这次算了。

赵姨点头说，对的，先保好你们自己，才有力气去撑这个小家，唉，你看看，当时是你们要送小囡出去读这个书，吃吃力力的……

赵姨就开始抽泣，说，方园，妈妈知道你不容易，从大学、工作、结婚、买房、小孩读书，到现在，好像没有容易过……

估计多半的妈都是这样看儿子的，这气氛有些感伤，所以方园赶紧劝妈妈道，既然现在已经这样了，悲观主义解决不了任何问题，所以我们要现实，一家人要好好盘算了，做该做的事。

这话妈妈听进去了，她说，妈妈会来帮你们的，海萍动手术住院，一定需要有人陪夜，有人送吃的，这个妈妈可以来做。

方园摆手说，你管好你自己就是最好的帮忙了，千万别再让我费心还要照顾你这一头。

说着，方园站起来，走向里屋的书架，他说，妈妈，我找一样东西。

方园要找的是一本校友通讯录，查一个化学系校友的电话。

校友叫张大进，在大学时与方园同级不同系，当年因为都喜欢踢球所以彼此熟悉，但毕业后已有多年没联系了。

方园在书架前蹲下来，他打开书架下方的柜门，这里收藏着的都是他大学时代的东西，他平时很少来这儿翻动，他也交代过爸妈：别动放在这里的东西。

赵姨还是悄悄翻看了。

她看到的是儿子大学时代的照片、书信。许多照片、信件与一个女生有关。赵姨的心痛由此而生。

因为赵姨知道这个女生，还知道她与儿子受挫的初恋有关。

在赵姨的记忆里，这是一个很好的女生，有一年暑假还跟着儿子来过自己这个家，当她进门的那一刻，几乎照亮了这间屋子。她是那么漂亮、优雅、有灵气，长得像苏菲·玛索，真的很像，虽然是中国人。赵姨记得她叫叶书瑶，是与儿子同校的化学系女生。当时赵姨跟老头子又惊又喜，觉得这女生与儿子真的是太配太配，但她心里又在悄悄忐忑：这么好的姑娘，别到时成不了。

后面的事还真的让赵姨预感准了。大学毕业后，叶书瑶爸妈不同意女儿与方园交往，因为他们认定了女儿这辈子得出国生活，他们有一个北京老同学的儿子比叶书瑶大11岁，虽没读过大学，但男方是改革开放后第一拨“出国潮”中去海外打工的人，几年下来在美国西雅图开了家小超市，算站稳了脚跟，但尚未成家，于是家长想订了这门亲事。叶书瑶一百个抗拒，但最后还是去了那边与那男人结婚，因为她没法让爸妈伤心，而她爸妈以他们数十年的坎坷经历，告诉女儿这最靠谱。这样的人生安排，在上世纪八九十年代的上海遍地都是，当时不少女孩就是这样嫁出国去，甚至成了风尚。

这是20多年前的往事了。今天一大早，赵姨看见方园反常地蹲在这个书架前翻那些东西，她无法遏制心里的疑惑。

因为她知道，那是儿子小心翼翼收藏着的心痛。因此，也是她自己的心痛。

现在方园蹲在书柜前，在翻看一本墨绿封皮的校友通讯录。

他没在寻找叶书瑶的名字，因为这本通讯录里不会有这个名字。

这本通讯录是方园两年前参加校友会时拿回来的，拿回来后，随手就放在了妈妈家。通讯录里没有当年那个让他心碎的名字，只有与叶书瑶同班的张大进。

现在他找到了张大进的信息。

他把张大进的电话号码输入自己手机，他今天要打个电话给他。

儿子在找谁？想做什么？赵姨看着儿子在翻看通讯录的背影，就觉得自己猜到了八九成。

其实，一年前当赵姨首次听说朵儿要去西雅图上学，“西雅图”这字眼就像冬日衣服上的静电，飞快地电到了记忆。是啊，这地名，这个从未去过的地方，曾经也给她留下了不亚于儿子那么深刻的遗憾。

那个“苏菲•玛索”不正是去的西雅图吗？儿子不就是因为“西雅图”，而在他最该阳光的年月里落落寡欢了好长一段时间吗？怎么，朵儿也是去这个地方？

赵姨不相信儿子会对“西雅图”没类似的触感。但她和他都从未提及。

后来随着朵儿去了那边，慢慢地，赵姨也就对“西雅图”褪去了敏感。只是前几天听儿子媳妇说起朵儿在那边HOMESTAY

的麻烦，说起在西雅图如果有熟人帮忙就好了，于是她记忆里突然就跳出了那张光彩夺目的脸，但立刻她就将它泯灭了。有病，怎么可能？儿子也不会，这不是让他难受吗？

所以，现在赵姨看见儿子蹲在那堆旧物前翻找的背影，心里闪过了这个猜想：是不是因为这个，想要找她了？

赵姨认定：应该是的，如今海萍去不了那边了，而他们又别无他法，只能找西雅图的这条唯一线索，为了小孩。

赵姨伤感席卷。儿子与儿媳的无措让她同样无力。她再次想到了自己女儿方芳。

她想，如果当初方芳能让朵儿去她家那有多好啊，如果当时方芳还有那么一点心，能帮她哥一把，那么，很多事现在就不用这么费心思了。

赵姨知道自己这个女儿在外面待得久了，是外国人的想法了，但她依然无法遏制心里的气闷，她唠叨起来：方芳没有这点心，如果她当时肯帮忙，我们朵儿也就不用去别的地方读了，就在她家附近的学校读了，其实也没要她帮多少忙，就是在她家里住住的，我们给她出钱好了，朵儿这么乖，不会给她添多少麻烦的，她是亲姑妈呀，熬也就熬两三年时间……

方园从里屋出来，听到妈妈又在抱怨妹妹方芳了，就说，别说了，也不是现在的事了，都几年前的事了。

妈妈说，这个家也没要她帮多少忙，就这点忙，她难道忘记了她女儿小时候是寄养在我们这边的？她就没想过老人是你在这边照顾的？

方园说，不要这么想了，她在外国待久了，不是这样的思维，妈妈，现在咱朵儿也就不到一年的时间了。

方园又宽慰了妈妈几句，就离开妈妈家去单位了。

是的，赵姨刚才所猜测的，基本准确。

方园是在找叶书遥。

因为现在他能想到的，在西雅图能帮上自己的人，只有她了。

昨天晚上，方园一夜没睡。虽然他已劝下海萍不去美国，虽然他告诉海萍要舍得让女儿自己去搞定她在那边的处境，但其实他心里也在焦虑：女儿只是个中学生，尤其是去那儿也才一年时间，人生地不熟，没那么老练，如果通过“留学生事务处”重新安排HOMESTAY，不仅需要调查、协调等环节时间，而且即使重新安排，谁知道遇上的又是怎样的人家，还会不会生出问题来，朵儿高中最后阶段折腾不起；而除了“留学生事务处”这条路径之外，在那边，个人也可以自己找HOMESTAY，但女儿这么个中学生怎么去找，所以最好托个熟人帮着办这事，这几天他四处打听周围谁有西雅图的朋友，可惜至今没找到靠谱的。

昨天整夜他在焦虑，他听着海萍在身边辗转反侧，知道她也无法入睡。他伸手过去拥着她的那一刻，终于不再顾忌，将“叶书瑶”列在自己面前。

这20多年来，因为曾经的心痛和难堪，他割弃了与她的联络，所以如今音讯全无，去哪儿找她呢？

他想到了她的同班同学张大进。

对，找到张大进后会有办法。他们化学系同学中一定有人跟她有联系，说不定他们班如今也有了微信群，没准就有她的信息。

22

米娜和十几位同学，一起站在旧金山圣荷塞机场出发大厅里，在他们一旁的地上，堆放着双肩包、大小拉杆箱，像一堆散发着流动气息的小山。

他们在等待办理登机手续。3个小时后，他们将前往中国上海。

年轻人扎堆在一起的时候，总是有说有笑。这说笑声，与他们青春时尚的衣装发型、阳光明朗的各色面孔，构成了一种国际化的年轻气场，衬着国际机场的空旷背景，令人悦目。

方芳就特喜欢看这样的场景，认为画面感十足，属于她审美的菜。平时在街头、在家附近的大学校区，方芳总是悦目于这种年轻人场景，她甚至觉得小时候被教育的共产主义，如有未来图景，那一定就跟这差不多——年轻，各异，每一个都在高兴，多元，融合，阳光，没心事。那么，不就是眼前这样的吗？

所以此刻，拎着一只灰色无纺布袋的方芳一进入出发大厅，就一眼看见了他们，尤其是看见自己的女儿米娜站在他们中间正在说着什么，在笑哪。

米娜是在向同学介绍上海的小吃和可以去玩的地方。

她说会带他们去品尝南翔小笼包、小杨生煎，还有去喝茶……这次做交流生有好几个月时间，所以休息日还可以去上海附近的杭州、苏州、南京旅行。

与米娜同行的这些同学，对中国文化都有兴趣。而米娜在他们中间毫无疑问是中文说得最好的，也是对上海最有基本了解的，最近她还从网上查了不少资料，做足了功课。她很高兴这些同学在本次游学中对自己的信赖和重视。

米娜正讲着，突然一眼看见妈妈方芳正在走过来，米娜差点昏倒。

米娜心想，叫她不要来送，她怎么不听呢？

哪个同学有家长送啊，大家一起去，有什么不放心的？这样来送我，傻不傻？

看着妈妈笑吟吟走过来的样子，米娜心里的懊恼之气在冒上来——除了对她此刻的送行，更对她最近几周一直阻拦自己上海之行的那些唠叨。

米娜对同学们嘀咕了一声“我妈来了”，就向方芳走过去。

方芳现在脸上的笑容带着小心翼翼，她对女儿说，嘿，米娜，妈妈给你带点东西过来。

她这笑容说明她知道女儿不高兴，但她还是固执地要过来，这让米娜更气闷。

有几个同学在一旁向这位同学妈妈打招呼。米娜对方芳勉强笑道，什么东西还要带去？

方芳把手里崭新的无纺布口袋拉开来，给女儿看。

是一只只口罩。

难道口罩我都不知道买？米娜说。她知道妈妈送这个过来的意思。

米娜说，我已经带了几个了，你们不是已经反复提醒了吗？

方芳说，这是美国3M公司的，那边不一定有这种货，据说这两天抢断档了。

米娜看到这么一大袋，觉得搞笑，说，我已经带了，不需要这么多。

方芳说，30只，不多，好几个月哪，一个月6只，一只用5天。

米娜轻声说，有病，也不至于每天都用啊。

方芳直愣了一下眼神，说，你舅舅难道没发那边的空气信息给你看吗?

米娜心里的气不打一处来，她知道妈妈前一阵让舅舅劝自己别去上海，舅舅就发了些那边的PM2.5数据和环境问题的新闻报道到她的手机，提醒她来国内的话要有这方面的意识。

米娜对妈妈说，你让舅舅净发这些过来，没准他都烦了，这两天都不发了，换了我是他，也会烦的，净说不好的，那他还待在那儿干吗?

方芳说，你不懂。

她把口袋递给女儿，坚持要她带去。

米娜没接，说，我手里已经有一只小拉杆箱了，登机时一个人只能一件手提行李。

方芳一愣，说，妈妈帮你装进你的背包里。

方芳就把女儿那只橙色双肩包从地上拎起来，飞快拉开，一把把地掏出无纺布袋里的口罩，往包里装。

米娜感觉有同学在看，她的脸都红透了，心想，好丢脸。

米娜尽力让自己笑着，俯下身对妈妈说，有病，你让人看见了还以为我们是去哪个可怕的地方，那是你老家啊，没人不以为我们是那里的人。

米娜心里在说，我正兴冲冲要带他们过去玩呢。

妈妈好像没知觉，她已经装好了30只口罩，轻拍了一下双肩包，站起身，对米娜笑道，你看，不是都装下了吗。

米娜不想跟她犯倔，有这么多同学在身边。她说，好了，妈妈你先回吧。

方芳点头说，好的，我马上走了，还有一件事我给你交代下，就是去外婆家不着急的，你先在学校里安顿好，先熟悉学校周围，把交通搞清楚了再往外跑，那边交通比较复杂，所以去看外婆不着急的，有5个月这么长的时间，慢慢过去看好了。

米娜“嗯”了一声。

方芳说，还有，外婆最近脾气不好，这不，刚才我打电话过去，她还冲我发了一通火，所以你去的话，要留心点，她年纪大了，有时候会突然生气的，有些话要顺顺她。

米娜有些奇怪，不禁问，为什么发火？

方芳叹了一口气，说，那边的人不了解我们这边，怪这怪那，以为我们轻松得很，其实谁都在扛着，各有各的压力……

方芳笑笑，似乎无法说清，她对女儿挥挥手说，如果会惹出外婆的不开心来，那么晚点过去看她也可以，到时候你问问舅舅，看啥时过去好，米娜，妈妈走了。

23

朵儿坐在西雅图街边公交站台的椅子上，秋天的风吹拂着她衣服上的风帽。

朵儿把风帽拉上来，兜住自己的头。刚才落了一场小雨，现在有些凉意。湛蓝的天空上升起了彩虹，朵儿透过第五街楼宇间的空隙，看了一会儿七彩颜色。对于彩虹，朵儿已没了刚来这里时的那种惊喜，这里空气洁净，常有彩虹。

她在发愣，在车来人往的街头。

半小时前，她刚从“留学生事务处”出来，这是她本周第二次去那儿了。如同她爸爸方园所担心的那样，这个中学生来这儿才一年，英语口语还不娴熟，并且因为年纪还小，人生阅历影响到了她的观点、情绪表达，她没把自己想换HOMESTAY的理由说到位。在有关工作人员眼里，午餐、小孩吵闹问题，这些都是可以与住妈住爸沟通解决的……工作人员表示会帮助去沟通，而不能动辄调换。于是，朵儿失望而归。可能他们说得也对，但不符合她当下的情绪。

有一辆公交车在站台前停下来了，锃亮的车身映出了朵儿的身影。这么瞅过去，戴着帽子的她像一只小动物。车启动又开走了，她的身影也被带走了。朵儿感觉此刻的自己就像一只流浪的小狗，在这异乡街头，接下来仿佛不知该去哪儿了。

就这样，她想起了那天在塔克马机场看到的那只小狗尼尼。它忧愁的眼睛，摇着尾巴表示不肯的小身影，此刻在记忆里是那么清晰。

尼尼现在怎么样了？

朵儿心想，我还为它和那个棒球帽男孩哭了一场。

朵儿突然决定去大学广场。

只要从现在坐着的这个站点，跳上路过这儿的任何一辆公交车都可以到那儿。

那个叫励云的瘦高男孩，不是说在大学广场可以看到小狗尼尼吗？

朵儿到大学站，下了车，还没走近广场，就听见BIGBANG《Fantastic Baby》的旋律从那边激荡过来。

朵儿走过去，嗨，果然是中国学生在跳舞，二十多人的队伍，全是咱们的人，哦，只有两个白人学生像两只长颈鹿在队伍中显得很不搭调。

跳舞者正跳得HIGH，领舞的是个瘦高男孩，突然他站住不动了，后面的人一下子围上来，簇拥着男生抬头仰望天空，好像在观察是不是有飞机经过，可是天上啥都没有啊，这些仰望的人在静默了长长的两分钟后，呼啦一下子，就散开而去，好像没事一样。

呵，朵儿认出来了，领舞男孩不就是励云吗?

他今天穿着“嘻哈风”的卫衣，上面印着熊猫的脸，跟那天他在机场的模样有很大的不同。

朵儿向他挥手，走过去说，哎，励云，尼尼在哪儿?

励云这会儿正被几个女生围着，她们是刚才舞队中的中国女生，他一边擦汗，一边在说着什么，所以没看见朵儿。

朵儿想，这还是棵校草哪。

朵儿环视了一下四周，没看见小狗的影子。她听见他们在说招收新队员的事，励云说:“如果再多个20人，今天这个活动效果就完全不一样啦。”

朵儿觉得好逗，莫非他们要把广场舞带到这边来了。

嗨，励云。朵儿冲着励云又叫了一声。

这下他看见她了，一下子就认出是前几天在机场遇到的那个中学生。他笑嘻嘻地说，怎么样，加入咱们吧?

朵儿笑道，你们是跳广场舞呀?

她心想他保证要跳起来了。果然他夸张地叫起来，哎哟喂，还广场舞大妈哪，我们是街舞，快闪。

朵儿知道他们是跳街舞，只是北美这儿也没见多少西人像这样组织成浩荡一队人马在跳舞，所以不知怎么这就让她觉得有点国内广场舞的意思了。

这只是感觉，其实她也说不清什么道道，反正这么一群中国小孩在这广场上一起跳着、HIGH着，自成一体，全不理会周围人的眼光，那种架势，与国内广场上的跳舞大妈一样自个儿美着呢，你说是不是？

朵儿就像很多中学生面对大学生时不甘示弱一样，她假装老练地甩了一下头发，说，那么，你们是要把中华文化发扬到这里来了。

励云就听出了调侃的意思，他皱眉，对这中学生笑道，呵呵，小孩，咱哪想这么远大啊，咱玩呗，告诉你，刚才是快闪。

朵儿说，我懂，快闪。

励云说，那好，参加我们吧，一起玩呗，都是中国人，大家一起玩。

这个朵儿非常懂。在她的那所中学，中国小孩也基本只跟中国小孩玩，如果不在一起玩，那么也不会有太多人能与本地西人同学玩在一起，不知是什么道理，也可能是都不主动，也可能有什么说不清的原因，反正这是现实，都不太往来。中国学生最多跟母语不是英语的其他亚裔小孩有些来往，虽然也知道多跟西人同学说话对提高口语比较好，但还是不太有。

至于日常社交需求嘛，好像也越来越没这个需要了，反正这里中国小孩越来越多，真的遍地都是，自己人跟自己人玩也够了。

朵儿说，我不喜欢跳舞。

励云告诉她，呵，我原本也不喜欢，现在就特别喜欢。

他见朵儿在坏笑，以为她觉得男生喜欢跳舞娘，就强调：我只喜欢街舞这种的。

朵儿问，你们还要拉多少人参加？

励云说，那当然越多越好喽，跳街舞、玩快闪，跟别的不一样，人多了，感觉上就有气势，是集体的力量。

朵儿就笑道，那还不是同广场舞一样，大妈也需要力量表达，存在感呀。

你干吗总把我们说成广场舞，好LOW啊。励云笑着叫道。朵儿也笑了。

他发现这女生真聪明，话里的小刺儿都是让人一怔的。

他问，你今天怎么来这儿了？

朵儿说，我是来看尼尼的呀，你不是答应让我来这儿看尼尼的吗？

哦。励云睁大了眼睛，捋头发，笑道，还真来看小狗了，在那边呢。

他指了一下后侧教学楼下的草地，朵儿就看见了尼尼在那里，那么小，被系在木栏杆旁。

于是朵儿飞奔过去。

她俯下身，呼唤尼尼。这小狗看着她，眼珠在转着。

朵儿说，你不认识我啦？

朵儿把它抱起来，毛茸茸的，像那天在机场里一样温软，听话。她贴着它的耳朵问：你还在想主人吗？不要伤心啦，他一定记得你的，这我知道。

她看见尼尼圆眼睛里透着温柔，在吐着小舌头。

朵儿说，哪天你们还会相聚的，这我相信，尼尼，我相信他一定会来接你的。

励云后来走过去的时候，发现这个女生抱着小狗居然在流泪。你，好奇怪的小孩。他说。

24

海萍打电话告诉董胜男，银行最近工作安排有调整，自己实在排不出时间去美国了。

海萍说，实在对不起，我会电话关照朵儿的，让两个小孩今后好好相处，如果你和杨冰还想跟学校通融，我会劝朵儿帮着杨冰说说。

胜男在电话那头愣了两秒钟，说，啊，朵儿妈妈，是这样啊？那么，能不能让你们家的其他人去呢？

胜男心里闪过老公方园，但立马否决。

她想，首先他不会去，因为本来就是他拦着我不让去，他肯定要陪我动这个手术；其次，方园不去还好，去了说不定与女儿话不投机，女儿反而闹情绪，女儿正处于中学生的叛逆期，这两年不知怎么回事与老爸方园常说不到一起去，方园说话太直，可能男人说话重点在于路径和结果，但朵儿还是小女生啊，刚半懂不懂，是需要哄的，讲究情绪的，方园那种话语方式，别说女儿了，就是我在旁边听着，都觉得太说教，所以女儿自然就别扭，你看那天晚上他拦住我不让去美国后，用我的手机给朵儿发的那条微信，基本上是他的口气，女儿这两天都没回过来。

所以，海萍对电话那头的胜男说，杨冰妈妈，实在不好意思，一下子我们家还真找不出其他人能去，我们小孩她爸不是那种会做小孩思想工作的人，小孩对他蛮逆反的。

胜男说，怎么会呢？看上去方先生很细心的，哪像杨汉君这个猪头。

海萍表示无奈，她说，杨冰妈妈，实在不好意思，我知道你是有诚意的，都是为小孩的事，所以实在不好意思。

这天晚上8点半，方园安顿海萍先休息，下周要动手术，现在得养精蓄锐。

然后方园在电脑前坐下，想在网上查查有关乳腺癌治疗的信息，突然他发现电子邮箱里有一封信，是来自奈特利高中的。

方园英语不太好，他琢磨了一会儿，模模糊糊地看懂了一些意思，就有些心跳，想了想，赶紧叫海萍起来。

海萍披着睡衣从卧室出来，她看了一会儿，脸色发白，说，这小孩怎么了？

这封邮件来自朵儿学校“国际学生办公室”，说的是朵儿HOMESTAY住妈莫莉今天向奈特利高中反映，这个女生在家不太说话，尤其最近这段时间，问她也不怎么多回答，此外，这一周以来她每天放学回家很晚，不知去哪儿了……住妈莫莉非常担心，希望学校了解该女生的心理。

校方因此致信方朵儿家长，希望家长及时以电话、邮件等方式与孩子进行交流，如有问题，给予劝导。

现在，海萍方园面面相觑：朵儿，这小囡怎么了？

日光灯下，他们头上似乎都在冒烟。

海萍的决定就是在这一刻下的，她说，你去，方园，你去，听见没有，你去美国。

方园直起眼睛看着海萍，壁灯在她身后笼成了一片令人发晕的光雾，窗外不知哪家的小孩在练钢琴，楼下有人因停车位在争吵，远处隐约有婴儿在啼哭……他想，是日子本身就令人烦心，还是我家最近有些倒霉？事儿一桩又一桩，没完没了。

他说，你下周要动手术了。

海萍说，那是我动手术，又不是你动手术，你去。

他说，你一个人在这边……

那小囡一个人在那边。她打断他的话说。

他说，你一个人在这边可以吗？

她说，我一个人在这边，好歹还有你妈妈、表姐林红，还有我妈我爸，但小囡那边呢？

他无语。他扭头看着电脑里的那封邮件，说，好，我去。

于是，海萍赶紧电话联系董胜男。

胜男在那头一迭声地说，太好了，我这就去订机票，你用手机对着方先生的护照拍一张照片，发给我。

海萍飞快地从柜子里找出了方园的护照。今年夏天的时候方园夫妇就办了美国十年签的旅游签证，原本是为了明年去参加朵儿的中学毕业典礼，哪想到现在就派上了用场。

海萍拍了照，用微信发给了胜男。

等海萍做完这一切，方园问，要不要现在视频朵儿？旁敲侧击问一下她怎么了，再告诉她我要去她那边了。

海萍心想，现在西雅图还是大清早，朵儿没醒呢，再说，你不想想好怎么问怎么说，这样打过去不惊到她才怪，反而搞砸，所以说你们这些当爸的确实是没脑子。

海萍瞟了方园一眼，说，不用了，我等会儿发条微信给她。

见老公呆头呆脑的样子，她忍不住就说出来了：唉，你还旁敲侧击呢，你不说漏嘴就好了。

她说，你记着，在去到那边之前，不要跟小孩多说什么，省得说出什么不妥的来，你想，一会儿说去，一会儿说不去，一会儿说是我去，一会儿又说是你去，小孩会多心的，反而生事，我现在只希望你快快地过去，快快地帮着她办好HOMESTAY的事，让她能开心一点，别的都不要说了，因为你说不好。

方园喏喏地点头，每当他无措时，就是这种傻纯的表情。

他晓得海萍说的是对的。女儿虽乖，但如今在大人面前有些青春期叛逆，尤其是不太听得进自己说的那一套。海萍这么一提醒，他确实觉得这一趟过去办事、说话，对这个女儿要赔着十二分的小心。

方园忧心忡忡、左右不是的样子，让海萍突然意识到老公最近这段时间好像老相了不少。

这个男人，这个她从进大学第一天起就喜欢的男生，同自己这么一路走过来，走到现在这样坐在电脑前像个小老头似的发愣，她心里的怜悯在涌上来，如今这个家真的要压坏他了。

她瞅了一眼他有些乱了的头发，鬓角好像有几根短白发了。她想，人生真的是很偶然，走到一起，有了个家，有了个心系的小人儿，就有了短暂的无忧和甜蜜，有了没完没了的麻烦和费心。

20多年前，从海萍进大学的第一天起，面前这个儒雅的身影就成了她视线的依恋。记得那天负责接待新生的大三学生方园拎着她的行李箱，带她去女生楼，一路上告诉她：学经济的比较理性，会用国际视野判断大趋势……

他像一道阳光落在她的面前，英俊少年似的娃娃脸，额头闪动着光泽，好似理想的折光，令她心动。

她知道自己不算起眼，素面直发，内向寻常，但这并不妨碍她从入学第一天起就暗恋于他。但是，很快她就发现他已有女朋友了，是化学系的，叫叶书瑶，漂亮，落落大方，让人炫目。于是，她只有把爱恋埋在心里，但依然无法遏制对他的张望。

从她大一到方园大四毕业离校，她一直无望地以小老乡、诗社社友、合唱队成员的名义在他周围出现，只是为了喜欢，不可能表白。直到方园毕业后，与叶书瑶失恋，伤痛一场，她才真正向他走过去……都说“女追男隔张纸”，也只有到这时，方园才感知她对自己的深情，姻缘因此而来。

方园爸妈对这个儿媳妇很满意，因为她对他的好是一目了然的。在老人眼里，她是那种家庭顶梁柱的女孩，实在，利落，能吃苦，并且也很清秀耐看啊。

现在海萍向电脑桌前的方园走过去，伸手摸了一下他的鬓角，好似抱歉自己刚才又在怪他了。

这时，董胜男电话又过来了，说，机票已由杨冰她爸公司办公室去办，查过了，后天中午“达美”航空的商务舱是有的，所以，赶紧准备行李，后天出发。

于是方园就从储藏室里搬出行李箱，把换洗衣服什么的往里放。他对海萍说，你先去休息吧。

海萍说，这样子我也睡不着呀。

她就捧着个抱枕，坐到了沙发上，一边看着方园收拾行李，一边与他嘀咕刚才学校来的那封邮件。

其实他俩都明白女儿眼下烦乱的心绪，这可以想象，你像她这么大的时候，爸妈可是在身边的，那种叫天天不应、远在天边的感觉你可没受过，换了是你，神经也未必大条……

海萍知道，在中学生女儿诸多“心烦”中，最当务之急是解决HOMESTAY纠纷，因为这是孩子每天的栖息之地，人只有安居下来，才能慢慢顺畅，对于小孩，在国内时，尚有可退的家，而在那边，没有可退的地方。

于是海萍看着方园的侧影，心想，该说了。

于是她做出了今晚的第二个决策。

她说，方园，你慢些整理箱子，我说一个事。

她的声音有些异样，这让他从箱子前转过身，看着她。

她说，方园，你找叶书瑶吗?

方园脸颊上的肌肉轻微地跳了一下，睁大了眼睛，摇晃了一下脑袋。

方园脸上的表情，让海萍有想笑的冲动，因为他好像在纳闷她怎么会提这个名字，又似乎想飞快地躲闪开去。

这个名字，曾是他俩的忌讳，无论是她，还是他。

刚结婚那阵儿她自不会提及，后来有了小孩，有一天她突然问了句：哎，方园，你喜欢我还是叶书瑶?

当时他正抱着刚满周岁的朵儿逗得开心，心里一怔，看了她一眼，说，现在是你。

可能是“现在”这个字眼还是让她有些在乎，她就说，那是人家现在没要你。

这话可能点中了某个陈年往事的痛点，方园有点情绪地说，都哪年哪月的事了，说它干什么？

这其实没说错，但女人与男人心里的质地是不一样的，海萍的声音就有点尖了，她说，得不到的才是最好的，这个我现在才懂了，也只有我这样的傻瓜。

于是他赶紧说，你啊，我最喜欢的是你，好了好了。

这口吻当然让她更不满了，她感觉自己从大学起就积攒在心里的幽怨在飞快地涌上来，她说，我怎么争得过你得不到的东西呢，人怎么争得过幻影？

这话其实说得相当哲理，但方园觉得她胡搅蛮缠，还感觉她是在笑话自己被人甩了，他说，我认识叶书瑶比认识你早，还能怎么办，总不能让我现在变回去不认识她。

他说的是实话，但好像也在强调一个事实，即他这个她最在意的人的情感线中，有一段，可能还是最强烈的，与她无关。

于是，从那以后的一段时间里，海萍像个闹情绪的小女人，常会突然问起，“方园，你喜欢我还是叶书瑶？”

方园学乖了，脱口而出：你。

有一天早上，她突然把他摇醒，说，你昨晚叫一个人的名字了。

她似笑非笑的表情，使他明白她指的是哪个名字。

他说，没，那是你自己做梦听人在叫。

她说，叫了叫了。

这个早晨他有点恼火，他还没睡醒呢。他没好气地说，你是在吃哪门子的醋啊，我不是没跟她好上吗，不是跟你在过吗？我又没这么好，你又不是不知道。

他心烦的样子，让她明白了说这个，对他而言真的不愉快，跟她自己心里一样，其实并不愉快。

她就嘟哝道，不是吃醋，是不甘心。她拍拍他说，好了好了，我不怪你那时喜欢她了，因为你认识她比认识我早两年。

她这个样子让他有些惘惜，他坐起来搂过她说，海萍，我们作个保证，从今以后别提这个名字，别这样相互折磨。

从那以后，“叶书瑶”这名字就成了这个家的回避。

后来方园也知道了，其实有许多小夫妻都经历过像海萍这样多疑闹腾的最初的婚姻阶段。

而再后来，这日子一天天过下来，连这点小情小绪也消散了，再何况随着女儿朵儿的一天天长大，围着小孩转都不够精力了。

但，现在海萍又提及了这个名字，“叶书瑶”。

她看见方园脸红了一下，在晃头。

海萍瞅着方园，好似凝视着一道题目，她顺着自己的意思说，书瑶在那边待了那么多年，想让她帮个忙也是蛮自然的，也许她有人脉，知道哪家在做HOMESTAY，去哪儿找适合朵儿的HOMESTAY。

方园支吾，哪有联系，你又不是不知道。

海萍垂下眼帘，嘟哝，不知道。

方园轻叹口气，说，说真的，即使现在真遇到她，那还要看人家热不热心，乐不乐意帮忙呢。

他这是说真话。

海萍说，正因为人家当时不乐意，没准现在会还你一个帮助呢?

她可没管他有些发怔的神情，她嘟哝道，如果她家有条件，并且愿意，我倒是真想让朵儿住她家去，我们交费用好了。

方园觉得有些心跳，说，你怎么了？

海萍说，我可没说反话，正因为是她，我才放心，她才会对我们朵儿好，因为我知道她真心喜欢过你，又亏欠过你，所以会比西雅图我们不认识的任何一个人都对你女儿好……

方园脸红了，他发现老婆这一刻逻辑准确，但透着怪味，要知道当年她是多么在意那个遥远的女生哪，这是在演哪一出？

方园避过海萍的视线，嘟囔着，可以找找看，但你这么说怪怪的。

海萍轻叹了一口气，说，你会不懂？你比我懂，没有谁会比她对我们小孩更靠谱，不仅因为她是你的同学，还因为她曾经让你难过，她会在意这个是因为她真心喜欢你，而我在意这个也是因为我知道这一点……

海萍的话有些绕，方园来不及理清她的意思和情绪了，他目前的状况是脸红心乱。他摆了下手说，哪有啊，都那么多年没联系了，你又不是不知道。

海萍站起身，把怀里的抱枕按在他身上，说，方园，你不是已经在找她了吗？别说没哦。

头上吊灯的灯管嗡嗡地响着。方园心想她怎么知道的。这屋子里的空间仿佛瞬间有些不真实了。方园心想该怎么回话呢。

他这人常常这样应对迟缓。

海萍笑了笑，伸出手，指向鞋柜，说，电话号码就在鞋柜上，你去看看呗。

方园决定装，他脸上露出讪讪的神情，说，电话？啥电话？

海萍说，是你要来的呀，“叶书瑶”呀。

方园扭头看鞋柜，还真的看见有一张纸搁在上面。

叶书瑶？怎么会是我要来的？方园果断地反问，好像有些气恼。

他看见海萍撇了撇嘴。他就走过去一把将那张纸拿过来。

纸上真的写着“叶书瑶”，和一串数字。

是海萍的字迹。

方园头发都竖起来了。他问，这哪儿来的？

海萍盯着他的眼睛，说，你不是让张大进去找来的吗？

她说，张大进打电话来过，我就记下来了。

方园立马就明白是怎么回事了。

原来昨天上午方园与校友张大进联系上后，张大进告诉他，班级朋友圈里有叶书瑶的微信号，转给你吧，但我手边没她美国的电话号码，班级通讯录放家里了，要不下班后找出来再告诉你。

他笑方园怎么还找她，念念不忘啊？

方园说，开什么玩笑，是我女儿的事。

张大进晚上回到家，赶紧翻通讯录找叶书瑶的美国号码。他知道事关孩子的事，当爸妈的急着哪，否则这么多年没联系了，也不会来找他帮忙。

他找到号码后，就打方园的手机，没接听，就随手再打方园家电话。是海萍接的，张大进就把叶书瑶的号码告诉了她。

海萍对他表示感谢。她温和淡定的语气，让他以为这两口子是商量过的，是为女儿的事嘛，也确实，这事只有请老同学帮忙才靠谱，尤其是托叶书瑶更靠谱。

现在方园避闪着海萍盯着自己的眼睛，比较慌乱。海萍突然就抱住了他。现在她好想哭。方园赶紧认错，我也是没办法，一急，才这样，没敢告诉你，是因为想多了，也因为还没想好到底找不找她。

海萍狠狠地搂住他的脖子，突然亲了一下，说，大宝贝。方园嘟哝道，其实还没联系呢，虽有她的微信号了，但还没加，我不联系好了。

他说的这是真话，因为他也想不好怎么跟前女友说。这么多年没联系了，现在一开口要问人家我孩子能不能住到你家来?

海萍搂过他的脸，告诉他，傻瓜，你以为我会想多吗? 我现在哪会在意这个，我现在只在意她曾经喜欢过你所以会对我们朵儿好，所以还巴不得她那时喜欢你。方园你别笑话我，也别笑你自己，方园，我想这可能是命，无论啥情感只要付出过难受过，最后可能多多少少都会有一点回应，没到自己身上，也可能到另一辈那儿了，这是能量守恒吗，别笑话我，没准她现在也需要这个机会宽慰她自己，甚至我这样想，其实这也是欠我的，你知道吧，她如果能帮到我们女儿，那也是还20多年前大学里你对她的魂不守舍伤心透顶的债。

25

中午的时候下雨了，朵儿坐在奈特利高中的休息区。

她在吃一只小面包，这是昨天从街边面包房买来的，一小袋4只装，放在书包里够当两三天的午餐，今天拿出来，有些压扁了。

朵儿心不在焉地吃着，一小时前“国际学生办公室”诺娃老师找她谈过了，她也因此知道了住妈莫莉跟学校有过告状。朵儿告诉诺娃老师，自己前几天放学后没回家是因为去了机场，去机场是为了接妈妈，妈妈原本是要来了，但现在不来了；而这两天放学后自己是去了大学广场，看朋友排练跳舞……

她可没说其实是去看小狗尼尼。

她还告诉诺娃老师，自己在HOMESTAY很少说话，是因为回到家就做作业，而他们老是吵架，自己也很少插得上话。由于平时没什么交流，自己去机场、去大学广场也就没告诉他们，她来向学校反映，但她怎么事先不问我呢？她问的话，我就会告诉她的……

朵儿没对诺娃老师多抱怨住妈家让她难受的种种细节，因为最近她连续几次去“留学生事务处”申请换HOMESTAY时都有谈过，但感觉没什么用，所以现在她面对自己学校的老师也懒得说了。

于是，诺娃老师以她的方式对朵儿进行了劝导，比如劝这个中国小孩多与人沟通。

朵儿想，满世界的人都劝我多沟通，他们自己怎么不沟通呢，他们沟通就很行吗？他们自己都打起来了呢。

在离开办公室前，诺娃老师告诉朵儿，学校也跟你父母联系过了，如果有什么事不方便说，可以跟爸爸妈妈说说。

在离开办公室15分钟后，朵儿就接到了妈妈发来的微信，妈妈没多说什么，只说爸爸要来了。

这让她又惊讶又烦心：原本不是说妈妈要来看我吗，后来又说妈妈有事不来了，怎么现在又突然说爸爸要来了，为什么？一定是因为学校联系家长了，所以爸爸心急火燎地赶来了。

想着爸爸即将赶过来的那张焦虑的脸，和他的那堆道理，朵儿头就大了，同时也觉得歉疚和惶恐：这下老爸又要多花机票钱了，唉，其实又没什么事，电话里说一下，不就可以了吗？

由此，朵儿对住妈莫莉告的这个状，有了更深的埋怨。

她想，爸妈又要怪我了。要不叫妈妈让爸爸别来了？

但朵儿知道他们不会听她的，爸爸一定会来的。于是她想，那为什么不能是妈妈来？妈妈来会好一点。

朵儿自从上高中后，就跟爸爸方园不太谈得来，她喜欢妈妈，心里整天想着的也是妈妈。她想，为什么不能是妈妈来？妈妈来，还能跟我去玩，我还可以带她去四周走走，上个星期原本就设计得好好的，可惜她突然不来了，而现在又是爸爸来了，那能干什么？

她想着爸爸皱着眉对她讲道理的样子，很有些心烦。她想，爸爸来这儿顶多帮我一起去办换HOMESTAY的事。

这么想，好像也是有用的。

朵儿慢慢地咬着面包，与许多个中午她坐在这里吃午餐时一样，神情有些忧愁。

一只红蓝拼色饭盒递到她面前。

她知道是谁，但今天却没高兴起来。

她嘟哝，又有什么好吃的了？

呵。洛克坐到她的对面，笑着说，你看看。

哦，是寿司。

你拿一个。

谢谢，我今天不想吃了。

为什么？他研究了一下她的表情，说，你好像不太高兴，作文写不出？爸妈不让读心理学？

朵儿说，刚被住妈告状到学校了。

洛克睁大眼睛，说，哟？

朵儿看了他一眼，阳光小帅哥，她觉得他永远不会懂自己的悲催，她说，害得我老爸正赶过来呢，他又没钱，会怪死我的。

洛克说，哟？

朵儿说，我这阵子是有点背运。

洛克把饭盒推到她面前，说，要吃吗？

朵儿拿过一个寿司，放进嘴里，鲜甜滋味让她眯起了眼睛。

他说，你再吃一个，据说美食、甜食都能振奋情绪。

朵儿说，那会变猪的。

洛克笑道，玛丽，不是有道选择题吗，“你愿意成为一头快乐的猪，还是一个痛苦的哲学家”，你愿意选啥？

朵儿想都没想，甩了一下头发，说，至少现在、此刻，还是猪吧，因为已经在痛苦了。

他说，那你再拿一个寿司。

朵儿就又拿了一个，放进嘴里，一边咀嚼，一边想对这好心小孩做个鬼脸，但这瞬间，她突然从他眼睛里看到了一闪而过的对她的怜悯，这很短暂，但很清晰，让她一怔，因为从没有哪个同龄人对她掠过这样的眼神，但她懂其中的意思，每一个小孩都天生敏感，所以她懂，她心里的难受就瞬间涌上来。她嘟哝，你干吗对我这么好？

洛克像机灵小鹿，点着头，而嘴里却在说，有吗？

她刹那间觉得他真好，经常过来秀他的午餐，其实也是为了让她吃一点，因为他知道她的HOMESTAY不提供午餐，还好像知道她永远在为此犯愁。

人有时候明白一些事，是在这样的瞬间，无论大人小孩，朵儿这一刻感觉眼睛里有水，迷糊中发现这同学真的超像《海贼王》里的路飞，让人喜欢。她心想，你还装自己吃饱了，让给我吃。

还好眼泪没掉下来，也还好这小子正看着饭盒，没看见她的异样。

她再次嘟哝，干吗对我这么好，是看我可怜吧？

洛克抬起头，鼓了鼓腮帮子，有些嘲讽地笑道，谁可怜谁啊？告诉你吧，我最饿的时候，看到地上的面包都会捡。

朵儿说，哪有，你好命。

洛克说，我命是蛮好的。

所以你就可怜我。朵儿发现自己又有些感动，又有些生气。

洛克没头没脑地说，哪有，别人也对我很好呀。

朵儿尖声说，我以后不吃你的东西了，除非我以后能好好地请你一顿。

洛克感觉到了朵儿有些奇怪的情绪，他赶紧起身，吐了下舌头，跑了。机灵男孩就是这样的。

今天的许多事，对朵儿来说，好像是有意让她的情绪处在跌宕起伏中。

洛克离开没多久，杨冰就坐到了她对面，说，喂，朵儿，我妈跟你爸要来了。

最近这两天杨冰开始跟朵儿说话了，虽然还不是太热络，但偶尔会来说几句，昨天也来问过朵儿一道数学题。

朵儿问，你妈也要来看你？

杨冰说，不是也来看我，而是他们是一起来的。

朵儿想起来了，上周妈妈说来的时候，提过一句“可能与杨冰妈妈一起来”，难道这次爸爸来，也是同她妈妈一起来？

朵儿对这其中的逻辑、功利其实一直没搞得太清楚，因为海萍有意没对她作细细交代，包括路费什么的。

现在朵儿看着杨冰有些发怔，问，还是因为那件事吗？那也太那个了……

她也不知该用什么词，因为一下子找不出词来表达她心里的意思，反正觉得有点丢脸，又不是在中国，家长出动，我们不是已经好了吗？

果然杨冰也在说，我们不是已经说话了吗，他们还来干什么？

朵儿说，没准想请求学校取消你的警告吧？

杨冰拿下头上的黑色线帽，扬了扬头发，说，随她，不过我妈来，我还是蛮高兴的，我妈还没来过我家呢，我要让她多住一段时间，最好住到圣诞节，跟我一起回中国。

朵儿超羡慕，说，哗，可惜我妈不来。

杨冰说，我妈来了以后，我要带她去太空针，去水旅馆，去吃螃蟹，还要带她去温哥华，坐船去维多利亚岛。

朵儿心想自己和老爸才不会去哪儿玩呢，最多到处去找HOMESTAY，也不知找不找得到合适的人家。

杨冰说，要不我们带他们去看三文鱼洄游吧，超壮观的，你看过吗?

朵儿摇头说，我还没去看过，也不知我爸想不想看。

26

去美国的航班是明天中午。

在今天结束之前，方园必须见到两个人。

现在，方园正坐在下午4点半的地铁里，赶往上海一所著名的大学。

他首先要去见的是外甥女米娜，她来上海已有好几天了。

这两天，每当方园想起米娜已人在上海，而自己还未曾探望，真是很过意不去的，更何况妹妹方芳还托他交代这外甥女在沪的注意事项。

本来方园早该去为米娜接个风了，只因他家中近来遇上了这么多意外事，实在没精力，才拖了下来。而明天他就将前往美国，这一去，回来都已是10天后了，赴美期间又正值老婆海萍手术期，妈妈赵姨送饭、陪夜，她俩自然无法去看望米娜，所以今天他无论如何都得见到这个远道而来的女孩。

地铁在飞驰，挤在车厢的人流中，方园满脸疲惫，在站与站之间的明灭光影中，他想象着外甥女米娜的样子，眼前闪现的都是她小时候的天真模样。

米娜寄养在上海的那些年，是她的婴幼儿期。所以，这个来自大洋彼岸、远离父母的小孩，向这边的亲人们呈现了一个孩子最可爱的阶段。

方园那时候是多么喜爱这个天真无邪的小孩。

米娜比朵儿大了几岁，当朵儿还是毛毛头的时候，米娜已经能与大人交流了，并因父母不在身边，显得尤为乖巧。每次方园海萍抱着朵儿去爸妈家，小米娜早已在那边等着了，地板上是她列成一队队的大小玩具，欢迎小baby朵儿的到来；而方园他们走的时候，朵儿的小手里偶尔会攥着一个玩具不肯撒手，小米娜就会说“妹妹拿去没有关系”，问她为什么这么大方，她说自己是好心肠的宝宝。

记得有个春天的中午，方园靠在妈妈家阳台沙发上打瞌睡，迷迷糊糊中，感觉小米娜带着蹒跚的朵儿过来了，她们在旁边玩耍，小鸟般的咿呀之声萦绕在老屋里，这声音与穿窗而入的午后阳光、窗边桂树的绿影，让方园恍惚来到了一个梦幻的农场，他晕乎乎地想，这样子，不要长大，永远一起，无忧无愁的，那有多好。

那也是爸妈那间老屋最有生气的时光，后来小米娜去美国读小学了，老屋空静了下来，有时候方园回那边，发现老人都在想她。他自己也在想这个小女孩。她画在墙上的蜡笔画还清晰可见。

时间过得是很快的，五六年后米娜读中学了，暑假随妈妈回上海探亲，已是美国加州阳光少女的形象了，再后来她上大学了，如今的模样就等着方园此刻去探望了。

地铁轻轻晃动。一个人，哪怕最亲的亲人，隔着千山万水，十几年，几个照面，一些阶段就掠过去了。这么想着，方园有些感伤。

方园与米娜约在第五教学楼一楼大厅碰头。

米娜下午在那里上课，5点钟才下课。

方园赶到的时候，早了7分钟，他就站在大厅里看着楼梯，看着那些陆陆续续下楼来的年轻人，这里是国际交流学生上课的地方，那些年轻人有着肤色各异的脸庞，也有他们这个年龄段共有的特质——阳光、漂亮、不谙世事。

这质感，与此刻落地窗外已笼罩了一整天雾霾的灰蒙世相，形成反差。

后来方园看见一个牛仔衫、披肩发的苗条女生走下来，他一眼认定她是米娜，因为她有着与朵儿相似的脸庞和鼻子，甚至乍一眼，他看到了朵儿的影子，这是他们家的痕迹，再打量，嘿，眉眼间还有点小米娜时的娇憨模样。

她站在一堆国际学生中，一眼就是中国小孩。

现在她对着他在招手，嗨，舅舅。

相认，激动，寒暄之后，方园对外甥女米娜说，我们一起去吃个饭吧。

他问米娜喜欢中餐还是西餐。

其实他希望她说西餐，虽然这附近也没什么正规西餐，但有星级宾馆的自助餐，虽有点贵，但宾馆食材什么的总是放心点，她初来乍到，肠胃还不像我们这样已适应了这边的各种状况，而自己明天一早还要出远门，她还是吃得安妥点好。今天方园可能有点想多。近来家中麻烦事不断，让他总是忍不住乱联想。

但米娜笑着说，还是中餐吧。

方园也理解，毕竟在国外待了这么久，对中餐感兴趣，小孩呀。

方园就带米娜去附近一家本帮菜馆。从校门走过去，15分钟。

一路上，米娜告诉舅舅自己对中国文化很感兴趣，这两天的课也很有趣，学书法，学中国画，自己的中文需要来这里进行巩固……

这么个女孩，走在方园身边，说着中文，背着单肩包，神态沉静，乍一眼，她与那些正从附近写字楼里下班出来的中国年轻白领没什么两样，但方园仔细看，还是有点不一样，哪里不一样了？明朗感，还是神态？一下子说不清，反正有点不一样。呵，当然应该不一样，她是在那边长大的嘛。

而在应对她的谈吐之间，方园就越来越觉出了不一样，比如她语言习惯性的客气表达，比如问话的适度感，比如有些古怪的句型，比如总在想词儿——由此你就不知她是在顾及中英文切换时的准确表述呢，还是顾及你的态度、情绪，其实这一点，方园怀疑自己可能也给她同样的疑惑。说得清，说不清，不能说清，以及不可以说白，好多个层次，噼里啪啦的，浮在面前，于是，方园甚至觉得，面前的这个米娜，可能还不如她小时候那么容易说得彼此明白。

还有，方园意识到她其实不认识这里的字。果然，后来她指着十字路口的一幅路牌，告诉舅舅：不认识。

在前往餐馆的路上，他们就这样略微费劲地交流着。当一群穿着校服的中学生从他们身边经过时，米娜高兴地告诉舅舅，前几天去西雅图看过朵儿了，她很可爱的，跟他们差不多。

跟他们差不多？方园笑了笑，说，朵儿应该会比他们轻松一点。

这些正贴着学校外墙根走着的中学生，是方园眼熟的，每天下班路上，他都能看到这样三五成群的小孩。他知道，此刻是他们下午课程与晚上夜自修之间的一点空档，所以大多数人手里拿着从校门口小店买来的酸奶、棒冰、里脊串和炒粉干，他们穿着深色校服，踢里蹋拉，像一只只小胖鹅出来放风。他们读了一天书而显得略憨了的脸神让方园怜惜。他知道这是他们一天中最放松的时刻。

那家本帮菜馆，装修得既古色古香又时尚精致，原木桌椅，紫色围幔，很文艺腔调，让米娜相当惊喜。

方园见米娜欢喜，觉得带她来这里是对的。

但他点菜的时候，又有些犯愁了。对于蔬菜，对于肉类，对于清洗……反正我们平时愁着的，想得多的，这一刻，他全都想着了，谁让他对面坐着的不仅是自家小孩，还是个外国人哪，虽然看不出她是外国人，但她的肠胃可没咱这样已有历练。

他对着菜单，研究了好一会儿，点了几个，并对服务员说，少放点油。

然后他对米娜说，你还记得吗，小时候你在我们这里最喜欢的是肯德基，你人生第一次去肯德基是在咱们中国上海，所以那时候外婆就笑你，“反正以后你在美国有得吃炸鸡腿”。

米娜笑了，挺认真地说，但在美国我喜欢中国食品，因为小时候我是在这边长大的，吃外婆做的菜。

时光、空间与味蕾记忆间的转换，总是连带着记忆中的那些亲人。

他们相互询问两边家人，他们还好吗？

舅舅方园说，我们这边好的，今天朵儿妈妈有事，你外婆晚上出来不方便，加上我明天去美国急匆匆的，所以等我从美国回来后，大家一起再来看你。

听舅舅说要去美国，米娜有些吃惊，问，明天去美国?

方园说，是啊，这次太急，都没来得及跟你妈妈说，呵，你看，你刚从那边飞过来，我就要飞过去了。

米娜说，但愿你喜欢美国。

方园“嗯”了一声，就想起妹妹方芳的所托，于是他向米娜指了指窗外。

窗外是傍晚时分的城市街头，马路上闪烁着一片汽车尾灯的红光。方园告诉外甥女，你妈妈有些不放心，其实也是对的，因为你刚来，不知道这边的情况，最近雾霾比较重，你待在学校里少出去；还有这里的交通，与你们那边也不太一样，要注意安全，你路又不熟，少在外面跑；另外，街边的小吃不要乱吃，闻着是香喷喷的，但有不少是蛮可疑的……方园还说到了诸如路人搭话、诈骗短信，等等。他瞅着米娜支棱的眼睛，心里又有些不安，于是赶紧笑笑，宽慰道：其实也没这么严重，但既然提醒，总是把事扎堆讲，往重里讲，这样感觉就有些紧张，对不对?但其实不会全是这些坏事，只是要你了解一下，不同的环境，包括人的想法、信任度，有些情况是不一样，这样自己可以有合适的应对。

他心想，是该跟她讲的，像这样一个女孩，看上去完全是中国人，但只要同她说几句话，就知道她不太一样，因为她对这里很多东西没有概念，这个样子，就不可以不多个心，比起那些金发碧眼，别人一看就知道是外国人的，更需要多个心。

他想，这样的小孩，不就像移到了那边又突然被移回来的一株植物吗?由此，他还飞快地想到了自家的朵儿，哪天她回来，也得这样重新适应生态系统吗?

面前的米娜突然笑了笑，轻声说，舅舅，我知道，我们在临行前一天，专门看了录像，上了课的。

米娜眼睛里闪过含蓄的眼神，这让方园心里又有一些奇怪的滋味，他端起茶杯，摇头道，那边录像说我们这边的，也不一定客观、真实。

等着上菜的时间里，米娜向舅舅介绍了她的专业，以及本次游学的诉求。米娜说到了她喜欢的戏剧，说到了这两天国画课的有趣，说到了她对当下中国艺术潮流的关注，说到了今后自己想从事的中美文化贸易。

她还问舅舅，小时候跟外婆去看过的评弹、越剧，现在还能看到吗，有演出吗？

虽然方芳托他这个当哥哥的，从他的角度，提醒外甥女注意学业的专业性和时间的宝贵性，她的专业是商科，有些东西只能是喜爱，有些领域比如戏剧需要天赋，有些领域就业面比较窄……

但此刻，这孩子眼睛里的兴奋光泽，童年记忆，和仿佛与生俱来的中国文化基因，令他实在不忍心泼哪怕一滴冷水了，再说，几分钟前不是有过一堆黯然的提醒了吗？否则今晚也太败氛围了。

菜一盘盘上来了，热气腾腾。一边吃，一边聊天。米娜留意到了餐厅背景音乐是小野丽莎的《玫瑰人生》。那种轻吟浅唱，衬着窗外对面楼宇的万家灯火，层次深邃，很符合城市的情绪。

她告诉舅舅，其实这两天自己已经在上海跑过很多地方了，上海很大，自己蛮喜欢的。

方园说，哦，讲讲你喜欢上海什么？

米娜的表情说明她又在找词了。

她告诉舅舅自己喜欢这里的理由——很现代，路、建筑，还有广场，是年轻人城市的感觉，活力，好玩，有机会的感觉，还有热闹，喜欢热闹，还有，在这里，周围全是自己这样的人……

全是自己这样的人。方园睁了一下眼睛，心里似有刹那触动，这个记忆中的小米娜，飞到彼岸，又飞回来了，此刻在这昏黄柔光中完全是个大人的模样了，她在说她喜欢上海。其实哪怕她不说，自己也知道，因为只要想到她最小的时候是长在这里的，只要想到在大洋那边她觉得自己是中国人，那么谁都可以懂她为什么喜欢这里。她喜欢就这么飞回来了，飞到小时候妈妈带她走的地方，哪怕现在妈妈有一百个劝阻，并让舅舅有一百个提醒，她还是蛮喜欢的。

方园想，人生就是这么不可思议啊，她从那边飞回来，而自己明天却将飞过去，因为朵儿已经飞过去，在那里了……这真是奇怪，飞来飞去，此岸彼岸，爱与哀愁，因为什么人与人而各有不安？

方园由此有些恍惚，眼前又掠过好多年前的那个午后，那间洒满阳光像梦幻农场的老屋，两个小姐妹像一对小鸟……那时候他多希望她们永在身边。

现在米娜在问，舅舅，我想去看外婆，你说什么时候去好？

方园回过神，说，这个不急，等你适应这里一点了再去，因为去外婆家要转好几路地铁和公交车。

米娜突然问，我妈妈讲外婆最近很容易发火，我去有关系吗？

方园一怔，心想，不知方芳在跟她说啥，怎么会呢？

原来，前天方园妈妈赵姨在接女儿方芳打来的越洋电话时，两人又闹别扭了。方芳原本是来告诉妈妈“米娜来上海了，过几天来看你”，哪想到赵姨这些天因为儿媳海萍病了、儿子要赶去美国、自己下周要陪护海萍开刀、朵儿那边找不好住家……心事满满，接着女儿打来的电话，突然堵心，心想“本来你还可以帮你哥减轻点压力，但没有这点心”，于是埋怨女儿道：“总打电话问你好不好好不好，好不好是问不出来的，都是空话。”方芳就有些紧张了，知道妈妈又在指以前的事了，方芳赶紧转移话题，说“米娜要来看你”，以为会让妈妈高兴起来，但哪想到妈妈说：“让她别过来看我，我看着她心里难过，我从小把她带大，现在看到她难过，因为你没这点心，我曾经付出的现在让我心痛了，小米娜在我们这边的时候，不光我和你爸，还有方园，费了多大的力啊，而现在你对朵儿没这点心……所以让米娜别来了，不是不想见，而是想起这事心里没法过去……”

方芳放下电话，哭了一场，心情黯淡了一整天，她还好像看到了女儿米娜兴冲冲地走进妈妈家的老屋，妈妈给她冷脸的样子。于是方芳想，小孩又不知底细，会委屈的。于是方芳赶紧给米娜发了微信，让她先别去看奶奶了。她说，奶奶最近容易生气，比上次在机场对你说过的还不好，你缓过这一阵儿，再去。

所以，米娜有点蒙了，现在问舅舅这事。

现在，方园对米娜说，不会的，你去看外婆，她会很高兴的，她经常说起你，很想你的。

看时间不早了，方园起身，对米娜说，我晚上还要去见一个人。

米娜感谢舅舅来看她，说，下次得让我请舅舅吃饭。

随后方园将米娜送回学校。后来，方园坐在返回的地铁上时，想起下周海萍要动手术，妈妈可能会在医院、家里两头跑，所以刚才忘记跟米娜说一声了：外婆最近有事，你两个星期以后去看她比较好，而最好嘛，是等舅舅从美国回来带你过去。

27

这个晚上，方园前往的下一个地点是瑞龙国际酒店。

约他相见的那个人已经在24层行政酒廊里等他了。

方园从电梯里出来，穿过空静的回廊，在柔和的光影里，看见线条简洁的灰绒沙发、绿白两色相间的花束、沿墙修长的竹子，连同空气中沉郁的咖啡芬芳，构成了一个雅致空间。

四下静谧，没什么客人，除了那个正从临窗沙发上站起来，向方园走过来的高个中年男人。

那人一边拱着手走过来，一边说，辛苦辛苦。

与你猜想的一样，他是杨汉君。

杨汉君微微笑着，说，你明天一早就要出行，这么晚还约你过来，不好意思，真是辛苦你了。

他言语谦和，神情沉静，与上一次在这家酒店会面时他那种自带气场的形象判若两人。

方园略有诧异，心想，没准这些人都是影帝，有好多种侧面，如果他真的全像上次那样又憨又霸气，哪能把生意做得这么大?

方园笑道，都是为小孩的事嘛，不客气。

方园随杨汉君在沙发上坐下，等着他说话。

今天下午，那个声音温婉的林助理打电话过来，为他们杨总邀约方园时，方园就知道临行前这么突然约见，一定是有事的。

果然，杨汉君宽阔的脸上此刻掠过一丝腼腆，说，方先生，想让你带个东西给我女儿杨冰，还想捎几句话给她。

方园有些发怔，心想，董胜男不是也一起去吗? 怎么不让她带?

杨汉君盯了一眼他，说，我知道你在想什么，我也就直说了，不能用正常思维想我们家的事，因为我们是有问题的人家。

方园避闪着视线，听着。

杨汉君叹了一口气，说，我这人干什么事都还算顺当，就这几个孩子可能会成为我最大的失败。

方园想到了那个惹麻烦的女生杨冰，心想，可能会。

杨汉君说，失败是因为她们各自的妈。

她们的妈? 方园嘟哝，你有几个小孩?

杨汉君说，我有四个女儿，冰清玉洁，杨冰、杨清、杨玉、杨洁，都在西雅图，她们分属三个妈。

他见方园支棱起眼睛，就说，这让家庭环境变得复杂了。

方园完全明白他的意思，但他想消解一些这男人口吻里的烦心气息，就笑道，呵，那么多小孩啊，四朵金花哪。

而其实方园心里在想，这复杂还不是因为你自己，谁让你有过这么多老婆？

杨汉君摇头说，每一个前妻、后妈都在介入小孩的生活，其实是在干扰孩子的教育。

方园心想，那是因为你可以与她们离婚，但她们不可以与小孩割绝。

杨汉君的思维肯定不是这样换位思考，他在说，其实我早早就看出了苗头，所以把这些小孩早早送到了国外，这是为了让她们与这里复杂、难缠的东西有一个隔断，让孩子们的环境离这边远一点，简单一点。

方园懂，他说，哦，是让她们与各个妈离远一点。

杨汉君说，但没想到还是不灵，虽然两个前妻在国内，现在的老婆吉吉在那边，但是各种事还是在不断生出来。

其实不用他多说了，方园就已经明白了。不灵，是必然的，空间物理隔断，哪能隔断得了母子先天的血脉牵连和由此心生的种种不安？生事是必然的。只要是中国人，相信谁都懂，也想象得出如何生事，如何影响了小孩的心态和教育。

这个家庭成分、结构、环境太复杂。方园心想。

杨汉君皱了皱眉，向方园介绍：前前妻董胜男，至今还是一个人在过，育有大女儿杨冰；二前妻姚丽已经再婚，育有两个女儿杨清、杨玉；现任妻子吉吉，85后，育有小女儿杨洁。四个小孩，各有妈，各有脾气，现在她们全由小妈吉吉一人在西雅图看管，小妈吉吉也不容易，本想再生一个男孩，但现在看这忙乱架势，只能缓一缓。

像个女生宿舍？方园想象着那样的混乱，他还是开了一下小差：“冰清玉洁”，都凑齐了，还要再生一个男孩？那叫什么名呢？

今晚，杨汉君要托方园捎什么给大女儿杨冰呢？

杨汉君从面前的茶几上拿起一个蓝色的精巧小盒，递给方园，说，就是这个想托你带给我女儿。

方园看着小盒，不知是什么。

杨汉君说，是给小女生的，项链。

方园纳闷，心想，还以为是啥呢，这个其实真可以让董胜男带过去。

杨汉君好像猜得到方园在想什么，他脸上有一丝讥讽的笑，他说，本来是想托胜男带的，那也是她的女儿嘛，但胜男这人，怎么说呢，她总是跟她自己过不去，我无论送女儿什么，她都在比，比我和她谁给女儿的东西给得好，这么比，就把她自己给比累了，因为她比出来的结论是：我想拉拢女儿，让女儿知道我的分量，让女儿看不起她，让女儿跟她不亲。

这听起来，好像有点好笑。方园心想。

杨汉君说，说出来你不信，比如，这盒子里只不过是条项链，蒂芙尼，镶钻小钥匙，因为是给宝贝女儿的，礼物好看一点贵一点，别的妈妈会为此高兴，但胜男不会，她会受伤，会犯酸她送不了这个，然后在女儿面前说这不好那不好……

杨汉君睁大了一下眼睛，说，真的，她真的总是在女儿那儿说我不好，能挑出各种细节来说我的不好，女儿才这么大，还是中学生呢，哪经得了她这个亲妈挑拨，董胜男这人就这么极端，我承认我有欠她，当年是她与我一起打拼才开始了我这个产业，我有欠她，但我没欠女儿，这个大女儿是我的宝，所以我受不了她这么挑拨，我尤其受不了她这么不加克制地对女儿说我坏话的后果，你想，这是在这么个小孩心里种下怨恨，这会影响一个小女孩的心态。

方园轻晃了一下头。

杨汉君说，事实上，这个女儿现在是越来越叛逆，平时不跟我通话的，如果这次胜男去，再这么挑，加上吉吉在那边，两个大人闹事，中间夹着这么一群半大小孩，这比不去还不妥！

方园“嗯”了一声。这个行政酒廊里，此刻空旷得像不真实的虚空。

杨汉君盯着方园斯文的面容，说，方先生，所以我这次想请你捎话，你是文化人，你说的话可能她会更听得进，我希望女儿听到你说我好，说我这个爸爸在乎她，让她懂爸爸的担忧，让她配合一下，她是老大，让她妈妈在西雅图的这段时间里，那边家里平稳一些，所以你帮我说这个，让她在除她妈妈之外听多一个声音，客观一些。

方园点点头，心想，这是有点麻烦，因为大人都在较劲，其实我哪知道怎么说啊。

杨汉君说，方先生，你告诉我家老大，我这个爸爸心里是有她的，永远有，永远惦记她，无论她高兴不高兴在那边读书，无论怎么样，爸爸这边她都可以回来，像这个项链，“小钥匙”，她永远可以来开门……

后来这个晚上，方园快回到自家小区的时候，站在马路口等对面的红灯，他从衣袋里掏出小盒子，看了一眼。

真是个好礼物。他想，“小钥匙”，锁。

这样有意味的创意，亏人想得出来，可见工艺设计也要切中痛点才好，所以是名牌。他想，哪天也给朵儿配一个“小钥匙”，要多少钱啊？镶钻的呢！

他就想起了胜男。看样子人不比是不可能的。但是也可以是另一种比法，那就是有钱人家的麻烦也并不比没钱人的少，可能还要多呢，因为不团结。

方园摇了摇头，面前掠过朵儿的小脸。后天一早就能见到她了。她还等着我同她一起去换HOMESTAY呢。

由此，他又想起手机里的那一条微信：方园好，很高兴你能来西雅图，真的很高兴。我们已经有23年没见了，时间怎么过得这么快，所以我们一定要见见，有时间的话，还要来我家玩。希望你一路顺利。

这条微信是今天早晨发过来的。

今天这一整天，方园不时拿出手机来看，已经看到烂熟于心了。他想象不出叶书瑶如今的模样，应该还是漂亮的吧。

他想，但愿她能帮上我。

对面的绿灯亮了，方园一边走过夜晚的马路，一边把“蒂芙尼”小盒装进衣袋。此刻他心里也装着好多事，除了朵儿的，海萍的，叶书瑶的，甚至还有那个老总杨汉君家的琐事。

从明天起，他将一个个去面对。

28

一早，朵儿和同学杨冰就坐在一辆黑色保时捷卡宴上，前往塔克马国际机场，去接来自中国上海的“达美”航班。

开车的是吉吉小妈。车里在放一首歌，刘德华在唱《笨小孩》:“哎哟，往着胸口拍一拍呀，勇敢站起来，不用心情太坏……”小妈吉吉车上备的都是她在国内听熟了的歌。

杨冰戴着红色棒球帽，倚靠着车窗，随歌声在哼唱，她注意到了小妈吉吉平静的脸神，她想象着等会儿自己亲妈董胜男到了，这张脸会有怎样的表情。

朵儿其实在想一个类似的问题:杨冰妈妈来她们家，那么大妈小妈住在一起吗?

这让她觉得有点不可思议。这会儿她想这个，还因为这比想着爸爸方园即将到来的那张忧心忡忡的脸和他那一堆说教，更让她放松一些。

小妈吉吉也在哼着歌。这会儿，她当然在想象老公的前前妻胜男的模样。她对这个前前妻没有任何不良的感觉，甚至觉得和这个前前妻可能还会生出共同的情谊——那就是她们有共同的敌人，杨汉君的二前妻姚丽。这道理很简单:当年小三越剧演员姚丽PK掉了前前妻胜男;后来小三吉吉PK掉了姚丽。这么说来，她俩的敌人都是姚丽，敌人的敌人不就是朋友吗?

吉吉想，当然能否生出情谊，不可奢望，但至少没有恨过，至少我不是从你手里夺走了你的前老公，恨的对象错过了时空，所以至少咱俩没有宿仇，甚至从某种角度说，我吉吉还为你董胜男报了仇。还有，我吉吉为你在这里看女儿，虽不敢说呵护得有多好，但至少没有功劳也有苦劳，你又不是不知道你这宝贝“小主”也是难缠的主。

这么想着，现在小妈吉吉心情是轻松的。其实今天她已忙了一早上:先将杨清、杨玉送到了小学，接着将杨洁送到了幼儿园，随后带上杨冰，去接上朵儿，往机场而去。

今天是星期五，杨冰、朵儿向学校请了上午半天假。她们准备在接到各自的爸妈之后，再去学校，所以随身都带着书包。

小妈吉吉的车一会儿就到了国际机场。

机场出口处，方园和胜男拖着行李箱，东张西望地走出来，一眼就看见了来接他们的三个人。

老妈！杨冰叫了一声，蹦跳过去，抱住妈妈胜男。

胜男紧紧地贴住女儿的脸庞，如果可以，她现在就要号啕大哭了，在飞机上她已积攒了12个小时的情绪。

而这边，方园看见朵儿像一棵豆苗站在20米之外，手放在胸前在摆着，小小的脸上有些严肃和不安，好像还有些不高兴。

方园知道这小孩的心思。

而其实，这一刻朵儿的心思，他还真的未必全明白。

朵儿这一刻看见老爸这样灰扑扑地从千里之外而来，仿佛迷失于这全英文环境而摸索着从里面出来，那张熟悉的脸上，现在交错着因时差而生的恍惚，和对自己有些讨好的神情，这令她突然想哭。因为她感觉到了可怜、心烦，和后悔。她真的好后悔，还不如不换HOMESTAY了。她想，早知道这样，自己还不如熬着，省得烦了。她甚至希望老爸赶紧掉头回去算了，别为她劳心了，还有留在家里的老妈也一样。现在她怀疑在老爸回去之前，自己对于他们，会比他们对于自己更为不安。

方园已经走到了朵儿的面前，说，嘿，朵儿。

她说，爸爸。

这时小妈吉吉也在向他们打招呼。

胜男、方园这才打量起这个妩媚、利落的小妈。

胜男以前是见过她几面的。而方园当然是首次见，他发现这小妈站在杨冰身边，乍一眼宛若姐姐，不是说85后吗，真的很年轻。方园想起前晚的那个高胖男人，还真是印证了传说中的“成功男人移民北美标准版”：移民，买房，小孩读书，大妈或者小妈陪护，自己留守国内赚钱，资产移向海外……

这边吉吉叫着胜男“姐”，拿过她的箱子，往前推。

胜男一把抢过来，说，我来我来。

一干人马往停车场走。

吉吉小妈先将方园、朵儿送到了一家快捷酒店的门口，这是方园来之前通过Booking订好的，随后吉吉带着胜男和杨冰回家。

朵儿陪爸爸去酒店前台登记。此刻她心里的一个疑问已解开，即大妈确实要与小妈住到一个家里去了。

而她心里另一半的不安也在强化：爸爸住这儿，而且还要住这么多天，得花不少钱，早知道这样，不如不换HOMESTAY了……

她想到了住妈莫莉告的那个状，心想，我是太笨了点，让自己家里的人难过在先了。

办好酒店入住，朵儿告诉爸爸自己要去学校了，下午放学后再过来。

朵儿就向酒店门口走。从机场到酒店这一路过来，朵儿感觉爸爸一直在悄悄打量自己。他那种想念已久与忧心交织的视线让她不自在。

是的，这一路过来方园看着女儿的小脸，有心痛的感觉，她长大了一点，但好瘦，比去年出来的时候瘦了太多，果然没得吃呀。

方园喊住朵儿，问，朵儿，要不要找地方吃了中饭再去学校?

朵儿摇手，说，不啦，我书包里有面包，坐公交车回学校的站点离这里比较远。

走到门口，她回头告诉爸爸，今天是星期五，放学会早一些，但从学校到酒店这边要转车，大概4点多到。

方园说，不急，你慢慢过来好了。

方园看着她走下台阶，脱口而出：认识怎么去坐车的路吗？

朵儿头都没回，说，都已经来了一年了。

她“噔噔”地往前走。秋阳落在背着红色双肩书包的她身上，衬着此时空旷的街景，看上去是那么小，还是个小孩。

方园心里有异样的不舍，虽然她比去年长大了一点，但还青涩，而这青涩后面，又好像有无数小支架撑着懵懵懂懂的独立。这感觉让他心痛，不舍得。

他心想，爸爸这10天会跟你一起，好难得。

一眨眼，她就消失了，像一滴水，消融在异乡街头。

他环视周边，这就是国外了，湛蓝天宇，明媚阳光，初来乍到，东南西北都分辨不清。

29

从中午到下午，方园一直在酒店附近慢慢地逛，透彻的阳光，舒畅的空气，消解了一些昏沉的时差感，走着走着，他的心情也在明朗起来。

这个区域，与市中心有些距离。酒店附近有两家超市，一家商场，一些小店，布局空旷，乍一眼有点乡下的感觉。

方园在商场里的发现是，这店与目前中国国内的没什么两样，这些年上海多的是时尚广场和类似shoppingmall的地方，论时尚精致气派，后者可能还要更胜一筹，当然价格也胜一筹，国内这些年东西贵得迅猛，比如，现在方园正在打量的一家中介贴在橱窗里的售楼照片，他算了一下，天哪，竟比上海的公寓还要便宜，这里可是海景别墅哪。

在商场里，更让方园饶有兴趣的，其实还是那些其乐融融的人，他们肤色各样，大多衣装休闲，步子较快，脸上是全世界逛店人都类似的高兴表情。这看着就让人愉快，仿佛世界真的很小。

方园后来坐在商场门口的长椅上，打量那些进进出出的人。

下午2点半后，进来了许多中学生模样的逛店人，大概是周末放学了，他们来玩。他们中有不少中国小孩的脸。后来他发现越来越多的中国小孩在进来，耳畔掠过一声声普通话。

一个背书包的小个子女生走过他面前时，从口袋里掉出了一张纸币。

方园赶紧捡起来，说，你钱掉了。

小女生回头，接过去，说，谢谢叔叔。

标准的普通话，仿佛就在中国街头。

方园注意到，这些中国小孩或三五成群，或单人独行；有的站在门口等人，有的拿着东西来去匆匆，有的扎堆在墙边说笑，门外有几个在抽烟……

方园还发现：这儿女生真多，比男生还多，是的，怎么多半都是小女生呢，爸妈都送她们出来了？

方园在打量这些来自中国的小脸。很显然，他们中的大多数是蛮乖的，这看得出来，尤其是那些小女生，小小的脸庞，混杂着懵懂和几缕独立神色。

他想，他们是不是与朵儿一样每晚都待在别人家的小房间里做作业，每个人的远方都有想念透顶了的爸妈，每周也像朵儿一样被爸妈要求视频一次？他们是不是各家各户都放出来了的一条条小船？

哦，像杨家“冰清玉洁”们和那个小妈那样的，当然不算。方园想，那是有钱人，人家对于一切都早有打理——买房、读书、妈陪……精明的人会安排钱、人和安全感，而不像我们普通人家，只有小豆苗似的一个小孩。

这么想着，喜乐、感伤、不舍……说不清是什么滋味，好像心里都有。方园叹了一口气。

有一位穿灰色毛衣的戴眼镜老头，与方园同坐在一条长椅上，正在打量他。

其实刚才方园把钱捡起来还给那个小女生时，就听到这老人说了一句，唉，还小。

所以是中国老人。

现在方园对他点了下头。老头就问他，是不是来这里看小孩，小孩在这里读书？

方园说，是。

老头笑道，一看你的样子就是来看小孩的，咱们这里以及加州，还有旁边温哥华那一带，全都是这样来看小孩的人。

是啊。方园说，小孩到底还小，来看看她，国内那边读书苦，但到这边来了呢，她一个人过，人生地不熟的，也是吃苦。

这我知道。老人微微笑了，他告诉方园，总是为了不让他们以后吃苦，我们也是这样过来的。

他说自己以前是武汉一所大学的老师，8年前因为儿子在这里工作，自己就移民过来了，今天下午来这里坐坐，等会儿去买点菜。

可能方园脸上有明显的心事，这老人好似想安慰他，说，以后会好的，我儿子最初过来的时候，也是吃了苦的，后来他麻省理工毕业了，你看不是蛮好，把我也弄过来了。

方园赶紧夸他儿子争气，然后随口问，您来了8年还习惯吗?

谈不上习惯不习惯。老人眉毛挑了一下，说，是有些事想明白了，在这里养老虽然有点无聊，但至少每天可以看见儿子，虽然没什么活动，但空气总是好的，当地人也是和善的，虽然没什么老同事老朋友，但也不用整天瞎操心房价股票银行里自己的那点钱值不值了，还有嘛，孙子总是好的，这里对小孩子来说是好的，小孩喜欢……

方园懂他的意思。这有点怪，方园笑笑，指着眼前不时经过的那些中国小孩，说，真多啊。

老人说，单单这里的华盛顿大学，如今每年就是1000个中国新生，其他那些学校呢，加州呢，温哥华那边呢，还有东部那些学校呢？这只是大学，还有中学呢?

老人脸上含笑，像在调侃又不像是，他说，咱中国人是会算的，因为中国人是为小孩的，哪怕没钱，也是为小孩的。有钱的又有几个？有钱没钱的都是为小孩的，中国人最舍不得的就是小孩了，哪舍得让自己小孩苦啊，舍得让他吃这个苦总是有道理的，我们是会算的。

方园笑他道，呵，怎么算都是累了点。

老人透露给他一个自己的判断：留在国内的学生如今申请国外好学校会越来越难，因为国外有这么大量已经在这里适应了几年的中国生源，所以，你们小孩出来也是对的，估计以后还有更多的要出来……

方园就想起了前天傍晚在上海街边看到的那群中学生，他们穿着宽大校服，边走边吃，像一群放风的小胖鹅。当时米娜还说朵儿跟他们很像。呵，还是不一样的。方园心情有些变化，此刻有几个正从门外进来的中国小孩，轻捷地走上了扶梯。方园心想，若这真是家家户户放出来的一条条小船，那么自己可没落下。

身边的老人站起身，说要去附近的超市买点菜。

方园说，那我跟你一起去吧，我给女儿去买些吃的，她等会儿要来了。

方园跟着老人走进的是一家中国超市。

一进门，方园就傻眼了，这是一家大型连锁中国超市，里面全是中国人，就像到国内了。墙上的字，广播里的促销声，服务员的脸……都是中国人的。方园想不出他们是啥时来的，是从哪里来的，他嘀咕了一声，像国内了。

戴眼镜老先生一边与他分手，一边笑道，那是你还没去过温哥华列治文，有空可以去看看，街头都是中文。

有中国人的地方，自然就有中国人的食品，这超市里啥都有：中国蔬菜、油盐酱醋、烤鸭、熏鱼、五香豆干、珍珠奶茶、包子、红豆糯米粥，甚至馄饨、烧卖……来自内地、香港、台湾。华人的东西在这里团聚了。

方园首先被那些蔬菜彻底吸引到了，它们如此惹人喜爱，一株株，水灵欲滴，像经过修理的花草：上海青、大白菜、油麦菜、生菜、豇豆、洋葱、胡萝卜……红绿青紫橙白，配色讲究，摆放得像绚丽的艺术墙体。

他还看到了海鲜，龙虾尾5.99美元一磅，帝王蟹脚16.99美元一磅，而那些在水族箱里游动着的鲜活龙虾、本地蟹，则让他震惊，量大，体硕，生猛，他此刻心里飞快地换算，约为人民币75元、70元一斤；断了钳子的蟹则40元一斤……

在上海多少钱一斤？方园不知道，现在也无暇顾及这个问题，因为此刻真正让他产生颠覆感的，其实还不是价钱，而是它们那么多、那么近，于是就似乎没那么珍贵了，让你觉得自己可以将它们拎出水面，带回去。于是，他盯着它们发愣。

他想，如果这是在家里就好了，马上美美地买两只回去，清蒸、烧汤、煮粥。海萍、朵儿、妈妈一定都会惊喜万分：龙虾呀。

他想起朵儿瘦小的脸庞，他真想买。当然他也知道，其实就价钱本身而言，这么大个头的龙虾、螃蟹，称起重来也不会便宜的，但此刻他真的超想买，因为朵儿一定没吃过，她来这儿一年了，哪可能吃过这个。

方园瞅着它们，似在可笑地发愁：这里没家，没厨房，没锅，怎么把它们弄熟啊？

后来他只能走开了。

他在一排排货架前随意地看着。

今天也合该他必须买下龙虾和螃蟹，因为他突然瞥见了货柜上有售电饭锅和火锅。

天哪，这中国超市！他眼前一亮，最便宜款日产电饭锅40美元，中国产火锅33美元，换算成人民币还行。

于是，他立马转身，奔往海鲜柜台去买虾蟹。

他想，拿到酒店房间里，用电饭锅或火锅水煮，海鲜水煮也好吃的。

在海鲜柜台，他一咬牙，称了两只螃蟹一只大龙虾，一大网袋，满满地动弹着。够奢华了。

然后他再去买锅。电饭锅还是火锅呢？他在货架前犹豫了一会儿，想到电饭锅以后朵儿上大学应该用途更多些，于是拎起电饭锅，去收银台。沿途，他又折回来，拿了一瓶镇江香醋。

4点半，当朵儿走进酒店，敲开爸爸的房门时，差点脑子短路。

房间里香味氤氲，一团团热气沿墙角袅袅而上，弥漫着一种厨房的温暖味道。

在干什么？天哪，地上放着一只电饭锅，他在煮东西。

朵儿问，你在干啥？

方园向女儿咧嘴笑，示意她过来看。

朵儿凑过去，方园掀起锅盖，一股鲜香扑鼻而来，朵儿目瞪口呆，啊，你煮螃蟹。

方园说，还有龙虾，你看龙虾呢。

朵儿捂嘴，轻叫了一声，天哪，爸爸，你躲在这里烧饭！

她扭头就去看房门，生怕被人发现。

方园说，这又没关系，又不是开油锅，就相当于煮开水，用电水壶煮开水也就这样，没事的。

朵儿将信将疑，她的注意力迅速被电饭锅里的煮物吸引过去了，天哪，老爸居然想得出躲在这里煮海鲜，这能吃吗？

方园脸上得意扬扬的表情，有点LOW有点逗。

他兴奋地比画手势，告诉女儿，螃蟹有这么大，被我拆开了，你看，还有龙虾，一锅煮，这汤会鲜得掉眉毛的。

方园又拎起摆在床头柜上的一个瓶子，说，你看，我连醋都搞到了。

朵儿“咯咯咯”笑起来，她说，太疯狂了，太LOW了，太逗了。

方园可没顾上笑，他蹲在地上，手忙脚乱地揿掉了电饭锅开关，说，可能好了，煮过头就老了，不过我也没煮过这个样子的螃蟹、龙虾，肉有点厚，要不你尝尝有没有熟……

老爸这么蹲在地上，像个小孩一样傻乎乎的样子，让朵儿跌坐在床上笑得连眼泪都出来了。

然后她又跃起来，告诉老爸：我敢打赌，全中国没人这么偷偷摸摸地躲在这里的宾馆，烧螃蟹。

她突然感觉这蛮好玩的，偷偷摸摸地煮东西吃，又是吃这么高级的东西，笑死人了。于是她继续笑。

方园从锅里拎起一条蟹脚，递向朵儿，说，那还不是为了弄来给你吃，算我急中生智，别人可没这个创意。

朵儿接过蟹脚，在电饭锅前蹲下，将蟹脚放进嘴，咬了咬，她叫了一声：太好吃了。

她向老爸舞着这条红色蟹脚，眼睛睁得老大。哗，熟了。她说。

那就开吃吧，好东西随便怎么煮，都是好吃的。方园说。

于是父女俩就凑在电饭锅前吃海鲜，好像少了张圆桌、餐椅，还少了碗，这让吃海鲜的动作变得有些笨拙，但没关系，味道是足够好的，没餐具，将就着也行。

方园说，朵儿，你多吃点，今天要吃光再回去。

嗯。朵儿此刻被美味感染得有些晕乎了，她那张迷糊的小脸让方园怜悯，他问，朵儿，你说好吃吗?

嗯。朵儿点头。她看见爸爸在看着她，就说，爸爸，你也多吃点，这么多呢，你别省给我。

窗外是傍晚灰蓝红三色交融的美丽天空，有海鸥不时掠过窗口，有一只甚至飞到了窗台上，向屋内张望。

朵儿说，它在看我们，它想吃吗?

方园笑道，它当然想。

朵儿突然就想到了妈妈，她跳起来，说要用手机拍照，发给妈妈看。

好呀。方园觉得这主意不错，说，你妈会羡慕死我们的，我们居然连龙虾都烧出来了。

朵儿对着那只小锅，“啪啪”地拍了一会儿，照片满框鲜红雪白，诱人无限，然后飞快地发送给老妈海萍，然后立马手机视频连线。

“叮叮咚——”朵儿知道此刻上海老妈那边是上午。

妈妈没接听。

方园摆手对女儿说，妈妈在上班，不好接听的，算了，算了，她待会儿会看见照片的。

方园知道今天是海萍去医院办入住手续的日子，没有特殊情况，今天下午她可以入住，这样明天进行全面检查，后天就开刀，所以此刻她应该是在去医院的路上，或者人在医院。

朵儿看了爸爸一眼，说，不对，妈妈今天不上班，今天她那边是星期六，她应该在家里的。

方园赶紧说，哦，她今天单位有活动，我想起来了，她现在在外面，不方便视频，再说没WIFI的话，得花多少流量啊。

这说法合理，朵儿“嗯”了一声，就埋头给妈妈发文字微信，朵儿一边写，一边念给爸爸听：老妈，你知道这海鲜大餐是怎么做的吗？老爸秘制！天雷滚滚！

她“咯咯咯”对着手机笑，等着老妈的回音。

而方园说，朵儿快来吃呀，蘸点醋，刚才吃得急了，醋都没用。

方园从桌上找了个玻璃杯，倒醋。

有了醋，味道更适合他们的味蕾了。朵儿认为如果再放点生姜就好了。方园说，忘记买了，也不知道这边美国人吃不吃生姜的，不过，这么清水煮，味道也够好了，朵儿，我相信这汤的味道一定更美，要不要来点？

这才想起没勺子。没勺子也没调羹，这一锅汤怎么喝？

方园站起身，先在自己的行李箱里找有没有替代物，没找到，他就在房间里团团找，哪有啊，这房间哪能变得出勺子、调羹这两样东西。

瞧着老爸今天准备创意大爆发的样子，朵儿都快笑疯了，于是她跟老爸一起找，只找到了一根很细的咖啡搅拌棒。

最后还是朵儿眼睛一亮，她拿起小吧台上一个小小的咖啡杯，说，老爸，可以用这个，正好有两个。

方园瞬间乐了，OK，用它舀汤。

于是两人就像喝咖啡，一人舀了一杯，相对而坐，朵儿先喝了一口，那种鲜美一下子沁入心脾，然后悠悠地回味上来，几乎无法言喻，让她突然想哭。真的，就是差点想哭了。其实许多人都有过类似体验，好吃的东西突然入口，刹那间打动了你的味觉，情感越过思维本能地作出呼应，想哭，而心里在说“我需要这个味道”。

现在朵儿就被这“螃蟹龙虾汤”震到鼻子发酸。

而这时，方园还跟女儿碰了一下杯，说，干杯。

这是喝咖啡，还是喝汤呢，还是喝酒啊？老爸这傻模样和房间里飘浮的鲜香味，让这中学女生心里突然涌上来对他也对她自己的怜悯，其实从进屋到现在，这怜悯一直潜伏在心里。

但事实上，今晚最后朵儿不是根据这个路子哭泣的。

而是因为老爸说的一句话，两人发生了争执。

老爸方园指着地上的电饭锅，笑着说，朵儿，这是我们在美国的起点——一只锅，我们在这里现在没有别的家当，更没有家，就以这只锅作为起点吧，一点，一点，我们什么都会有的。

朵儿刚才因为那口汤，鼻子发酸，但现在老爸这话突然让她想笑了，她瞅着地上这只小小的锅，笑道，我可不想从这只锅变成一个家，我要回上海的，那里不是有家了吗？不需要从锅变成家，而且锅是变不成家的，连变个勺子、变个调羹都变不成，我要回上海，老爸，你们不就是不想让我回去吗，是不是？

朵儿这么说，是因为老爸把这只正冒着热气的锅升华到那种高度，这让她觉得有点可笑。

她还是个孩子，在这么个傍晚对老爸心直口快地反驳一下，也有说着玩的意思，本来老爸关于这只“锅”的比喻，不就是在开玩笑吗？

但是，忙碌了一个下午，并且正在倒时差的方园，这一刻与女儿在话语方式和情绪上没对接通。

他感觉这小孩说话又冲了，刚才吃海鲜、拍照片、找勺子的时候不还是蛮开心的吗，怎么现在又犯倔了？动不动就给你叛逆一下，自己都为她忙了一下午了。

于是，方园心里有情绪在升起来。他一贯的说教、忧心也就接踵而来。

他对朵儿说，我也没说非要你不回去，这只是一个说法，朵儿，我今天下午在商场里可是亲自感受了，那么多小孩像降落伞一样降落到这里，学习、发展，人家都不是没算过，更不要说那些有钱的有权的早在这么办了，今天有个老爷爷告诉我，谁都会算的，人怎么能不想自己在这边那边的可能性呢……

老爸的话还没说完，朵儿就不太高兴了。她想，你又不是我，你以前连这里都没来过，你怎么知道我在这里好不好过，怎么知道我难不难过，你怎么就总是觉得你才是对的，你怎么就觉得能帮我想这里好还是那里好呢，你总是这样，总要让我听你的……

她就坐在床沿，看着那只锅。

方园问她，朵儿，还要吃点吗？

她说不要了。

那只锅在冒着鲜香气息，她知道爸爸忙了一下午，盼着她来，但她又一次感觉到爸爸总是这样，做什么都是有目的的，煮“螃蟹龙虾汤”也是有目的，来看她也是有目的，那就是非让你像他们那样想，总听他们的，然后总觉得是你不对，然后总让你觉得他们是在为你操心，并深深为你犯愁着。

她自言自语地嘟哝，我回不去了。

其实，此刻方园理应不该再说什么了，否则后面就不是他想好的路数了。但是，他这个老爸偏偏说了。

方园说，先不说回不回去，你还要读大学，后面还要读研究生呢，这个问题还早着呢。现在眼前的事是爸爸这次来西雅图，咱们得把自己调整好，否则你过得不顺心，我们心里也不踏实，朵儿，学校也跟我们讲了一些情况，朵儿，这个时候我们要顶住，我们也要学会处理与他人的关系……

朵儿瞅着爸爸忧愁的脸色，心想，前几天你不是在视频里说过这些话了？

于是她说，爸爸，我又没怎么样，杨冰与我不好是因为她想多了，现在已经好了，还有我放学回家晚了，是去大学广场看排练，再前几天，是因为去机场接妈妈了……

这么说着，朵儿把她自己也说得气鼓鼓的。

接妈妈？方园很纳闷。

朵儿此刻没顾得上爸爸的不解，尖声问他，妈妈为什么不能来？这次为什么妈妈不来？原本说好是妈妈来的，我要妈妈来。

朵儿这说话的样子又变成了一个纯粹的小孩，因为情绪。她受不了爸爸这样发愁地坐在自己面前随时给予忠告的样子，于是她像所有的小孩一样表达情绪："我是要妈妈来的。"

方园有些慌乱了，说，妈妈前几天不是跟你说过了，她最近单位有事，跑不出来。

朵儿拿起手机，看妈妈的微信，有回信了，是刚才发来的。妈妈的回信是："哗，好美味的样子，拉仇恨哪。下次妈妈来吃。"

朵儿就拨视频通话，"叮咚咚——"

但妈妈没接。

方园赶紧劝阻这个开始任性了的小孩，像拉一头犯倔的小牛，方园说，妈妈现在忙，她在外面参加单位的活动，不要影响她。

朵儿就开始流泪了，她说，这次为什么不是妈妈来，我都后悔了，我不想换HOMESTAY了，我最笨了，我早知道就熬一下了，熬一下会死啊，我有同学换HOMESTAY自己都搞定了，早知道不跟你们说了，早知道不去机场了……

方园看她流泪的样子，心里也烦了，他说，朵儿，爸爸才来了第一天，你就这个样子，爸爸对你那么好，想办法给你煮螃蟹，是因为想对你好。

朵儿就哭了，她嘟哝道，那你别对我好，也别对我不好，因为我有压力。

方园说，那是妈妈爸爸想你好。

朵儿抹着眼睛，突然站起来，说，爸爸，我不换HOMESTAY了，你还是早点回上海吧。

不换了?

嗯。朵儿拎起放在床上的书包，就往门口走，说，我不换了，你还是早点回去算了。

她心里在想，否则我烦得连死的心可能都会有。

方园赶紧去拉朵儿，怎么这小孩一生气就要走了。

方园说，噢，朵儿，不要这样子。

朵儿拉开门，往前冲，她说，我要回去了，要转车才能到莫莉家，否则太晚了。

方园在后面想拉她回来再吃点，这么一闹她吃了没多少。

朵儿可没被他拉住，朵儿已经走到了电梯那边，她头也没回，说了一句：我不换HOMESTAY了，明天也不跟你去你老同学家了。

朵儿像一阵风，就这样回去了。

方园看着玻璃窗外的夜色，心里是多么难过啊。

朵儿坐着公交车回住妈莫莉家时，心里也在难过。

她想象着爸爸现在一个人坐在房间里发愁的样子，这比回想他刚才言语中那些词语和语气，更让她难受。

她想，怎么了？下午过去的时候，我就提醒自己不要吵，不要吵，怎么还是吵了？

她想，我知道不该跟他吵，吵过后会很难受，但为什么看到他了还是忍不住想吵？结果，吵过后就真的又放心不下了。

对于亲人，不在近处时相互想念，走到近处时又相互伤害，也可能正是因为亲人，爱与哀愁总是千般缠绕。今晚中学生朵儿感受到了这人生的纠结。

她想，我怎么了？

她好像看见爸爸此刻正神色黯然地去收拾那锅海鲜。

这想象令人心碎。她拿出手机，想给他发一条微信。但怎么说呢？

现在方园坐在酒店房间里，地上的那锅海鲜大概已经转凉，不再冒热气了。

他心里是多么难受。他都想哭了。他想要不要跟小孩妈说，问海萍怎么办。

但不可以。这一点他懂。虽然以前每逢他招架不了小孩的任性时，他总是让海萍做善后工作，但今天他不可以。

因为海萍后天就要开刀了，估计现在已入住医院了，再怎么着，也不能跟她说这个，让她放心不下这里，她是病人哪。

更何况这次自己来，本就是来摆平问题的，怎么反而搞乱了小孩的情绪。方园心里后悔。

9点多，方园看见自己的手机里收到了一条微信。

是海萍发的。

海萍在问：小家伙走了吗?

方园赶紧回：走了。

海萍回：朵儿发过来的视频信号我收到的，但人在医院，不好回，她发的照片也看到了，那么多海鲜，在哪里吃的呀，贵吗?

方园回：自己买的，还好。

海萍回：朵儿怎么样？她看见你来了高兴吗?

方园想了想，回：高兴。

海萍回：我今天下午已经在医院住下了，很顺利的，你妈陪我过来的，明天白天有个全身检查，明天晚上我想回家一趟，因为家里有信号，所以可以视频，我想跟朵儿和你视频一下，否则手术后的那么多天，我看不到她了，她也看不到我了，她会多心的。明天视频时，我会告诉她，妈妈这一个星期太忙，天天开会、加班，所以不视频联系了。

方园回：好的，你想得细。

海萍回：你要多哄哄朵儿。

方园回：好。

方园搁下手机，在房间昏黄的灯光下，默默地坐了一会儿，心有忧愁，感觉时空恍惚，万事蜂拥。

丢在床上的手机闪了一下，又有一条微信。

方园拿过来看。是朵儿发来的。

朵儿写着：爸爸，我到家了，其实我今天来的时候，就想好今天不吵架的，但还是吵了，我很难过，你今天才来，我还是跟你吵了，对不起，爸爸。明天我会跟你去老同学家的。

30

这里和好多年前几乎一模一样，时间似乎停滞了，一样的梧桐，一样的楼下杂院，只是这些格子楼变得很旧很灰了。

米娜背着包，穿着一件铁锈红运动外套，沿着楼群间的水泥道向前走。

她在这些建于上世纪80年代初期的格子楼群里，寻找记忆中的印象。

楼间的桂树正在飘香，无花果树枝叶浓绿，一楼人家种的茄子、辣椒、豆藤正在杂乱地生长。米娜好像正穿越自己倍感眼熟的梦境。现在她站到了19号楼下，她认定这是外婆家，因为楼旁的那座小凉亭。

这是一座胖兔子造型的小凉亭，15年了，它还在这里，只是现在看过去，它好像变小了一号，原本贴在柱子上的粉、红、白三色马赛克已脱落了不少。

在米娜的记忆里，这“兔子”紧挨着自己外婆家那幢单元楼，小时候下雨天的傍晚，外婆常常带自己来这里玩耍。

所以她认定这里就是外婆家，对了，好像就是19号楼。

此刻是星期六下午2点钟，米娜刚从学校过来。

过来的这一路上，她心里在兴奋着，因为要见到外婆了。

虽然妈妈方芳前两天提醒过她，外婆最近比较容易生气，但她还是信舅舅的话——“你去看外婆，她会很高兴的，她很想你的”。

是啊。她想，哪怕外婆对妈妈生气，那也不会对我生气啊，我是她一手带大的，每天她送我去幼儿园，每晚我都睡在她旁边，衣食冷暖全由她呵护，后来我去了美国，心里想得最多的人也是外婆。这样的血缘亲情，与生俱在，如今人在上海，外婆近在眼前，哪能不奔过来相见呢。

今天来之前，米娜没给外婆打电话，她想来个突然袭击，给老人一个惊喜。这是她早就想好的。

米娜站在19号楼下，三个单元门，她一下子就认出了是中间那扇。从中间这个门进去，右边一楼那家，就是外婆家。

她按单元门铃，没有动静。按了好一会儿，都没回应。她估计外婆是出去了。

这也是米娜原先想到过的。于是她离开了19号楼，走过“小兔子”凉亭，往左边前行。

她记得前面有个小区公园，她准备去那儿坐一会儿，她还记得小公园旁边有一家幼儿园，小时候自己就是在那儿读的幼儿园。

她想，外婆年纪大了，出门也不会到太远的地方去，更不会在外面待很久，我就去小公园里等一会儿，没准她就在那儿，如果不在，那我就去看看我的幼儿园。

幼儿园还在，也与记忆里一模一样，城堡建筑，拱形铁艺大门，甚至连园名也没变，“贝蕾第二幼儿园”。

米娜走到大门旁，透过铁栏门，看见了小火车、秋千、滑梯、塑胶地垫……在此刻星期六下午的阳光下，鲜艳夺目，有童趣，也有点简陋。

米娜记得自己小时候是多么喜欢玩滑梯啊。可是那时由于幼儿园里小朋友多，老师人手不够看护不过来，所以只允许孩子们在傍晚家长来接时才能玩，于是每天放学时，滑梯旁总是排起长龙。米娜因为外婆接了她还要赶回去烧晚饭，所以就等不起排队的时间，难得有机会玩滑梯。

现在米娜看见传达室里有人，是个胖奶奶。

胖奶奶也看见有人在铁门外张望，就出来，发现是个高个女生，问有什么事。

米娜微笑，说，谢谢，我看看。

胖奶奶说，今天是星期六呢，没人哪。

米娜告诉她，我小时候是在这里读的。

胖奶奶睁大眼睛，说，现在长得这么大了。然后一问，居然是美国来的，就笑道，哎哟，真是有心人，还记得小时候的幼儿园，快进来。

胖奶奶带着米娜在幼儿园里参观了一圈，问，你还记得是哪一间？

米娜起先摇头，后来指着一个圆形木格窗，说想起来了，好像小时候站在这里拍过一张照片，照片在外婆家。

幼儿园好小，一下子就下楼来了，走到了塑胶小操场上。米娜伸手去摸那架红色滑梯，胖奶奶随口问她，要不要玩？

米娜笑道，玩这个？我都大了。

有什么不好玩的？胖奶奶不以为然地说，好多家长都在这里玩呢。

于是，米娜笑着上了滑梯，一下子滑了下来，然后，再爬上去，再滑。

在阳光下，她差点笑晕过去。

胖奶奶看这丫头乐成这样，也笑死了，她说，我们这里从来没有来过校友，今天来了个美国校友。

米娜回到外婆家的楼下，继续按门铃。

20米外的门卫亭里出来了一个中年人，说，赵老师去医院了。

她生病了？米娜吃惊地问。

哦，不是，她去帮忙，她去医院帮别人。

是吗？

是啊，她今天上午拿着包去医院的，关照过我们，说如果有快递帮她收一下。

米娜问，那么她什么时候回来？

门卫说，可能会比较晚，她说过的，在医院办事有可能晚上才回来。

米娜就准备打道回府。过几天再来吧，反正也已经知道怎么转车了。

但在离开前，又有些不死心，她就转到了19号楼的前面，因为外婆家在一层楼，所以她想透过阳台窗户，看一眼外婆家的里面。

现在米娜绕过冬青树，走近外婆家的阳台，透过茂盛的桂枝，她看见了阳台的窗户是关着的，但外面的晾杆上晒着衣服。

那是外婆的衣服，一件黄绿色的中式春秋衫。米娜想，还蛮好看的，绣着花呢。

她走近去，踮起脚，透过阳台窗向屋里张望。她看见窗玻璃上映着自己的脸，屋内光线较暗，隐约可见桌子、沙发，和从书房那头透过来的光。

她想，舅舅说的小时候画的蜡笔画还在墙上，真还在吗？

房间里黑乎乎的，看不真切，但那种亲切的气息却透窗而来，米娜笑了笑，从随身包里掏出了一支眉笔，伸手放进阳台晾杆上挂着的外婆的春秋衫衣袋里。

米娜离开了阳台，穿过冬青，向楼间道走过去。

米娜想象着晚上外婆回来收衣服时，突然从衣袋里摸出了一支眉笔。呵，她一定大吃一惊，随后一定会猜，到底是谁放的？到底是谁来过了？

后来坐在地铁上，米娜还在想这好玩的画面。

她想，她会不会把它当作一支铅笔呢？

31

客厅是淡绿色基调，透过左侧的餐厅和落地窗，可以看见前院的翠柏、茶花、樱树和小草坪上的秋菊。

那些柏树厚实浓密，映衬着蓝天，像一道绿墙；而稍转过脸来，可以瞥见右侧屋后泳池的一角，池水的蓝色波光折射到这屋里来了，光影晃动间，仿佛不真实的一切。

方园跟朵儿一起坐在客厅果绿色的沙发上。他们的对面，是穿着一件白衬衣的叶书瑶，和敦厚微胖的老韩。

这是方园与初恋女友在分手23年后的第一次相见。

这间光影晃动、明媚大气的屋子，给方园的惊讶度，不亚于前女友给他的陌生感。

这前女友已足够陌生，她如今的样子，如果不说，哪怕迎面而至，方园都认不出来。没那么好看了，那是当然的，没感觉了，那也是自然的，甚至没唤起曾经肝肠寸断的记忆痛感，那也是庆幸的……这些都不是。方园坐在这里有些恍惚，是因为她显然像整个儿换过了一个人，健硕、利落、实在得就像超市里手脚最麻利的女服务员。

事实上她还真与超市有关。

叶书瑶告诉方园，这20来年她和老韩慢慢地把当年老韩开办的那家小杂货店做大了，现在是这附近一带较大的一家中国超市。

她说这些的时候，老韩伸手搭过老婆的肩头，冲方园笑道，你们上海女人能干。

老韩，这个曾经让方园伤心透了的人，曾经是一个符号，是“出国”本身，是功利主义的现实，现在就这样活生生地坐在他面前，而他发现这男人竟还有点可爱，实在、厚道、亲和，如果整天混在一起，没准还有天谈。

叶书瑶也在笑，白衬衣，不经打理的齐耳短发，变宽了的脸庞，额头隐约的皱纹……眉眼间已看不出当年小布尔乔亚的一丝痕迹了。现在，她是另一种型的人了，豪放，大大咧咧，混在人群中，无法起眼。即使谈话稍稍静默间隙，视线相遇，她脸上也没有那种发现对方在悄悄打量自己时的躲闪，而是咧嘴笑笑，好像记忆连同时光一起消散了，早没了影儿。时光全留给了她现在搁在桌面上的那双粗糙的手，和变粗糙了的脸庞。

这份生疏感，与这间大气的屋子，一并对方园的记忆产生冲击。当然，方园知道这两者之间的逻辑关系。

后来当方园正夸这房子条件好，而老韩起身去餐厅倒茶的时候，书瑶低头笑着嘀咕了一声：“呵，我们也是吃过苦的。”

他向她点头，某种情绪似乎远远而来，但只一下子就掠过去了，说话间两个双胞胎男孩正从楼上下来了，如同生活进展快得来不及多愁善感，叶书瑶介绍道，俩儿子，是中学生，还有一个女儿，现在纽约大学上学。

与朵儿一比，双胞胎男孩小3岁，于是大人让两个弟弟带姐姐去外面玩。三个小孩就出去了。

现在透过窗，可以看到他们在前院说话。

方园对书瑶说，你现在挺好的，这里挺好的。

她点头，说，忙了一场，时间真快啊，现在是一点点地安定下来了。

他点头，嘟哝着，重复道：现在你这样蛮好的。

这是告诉她自己承认了她是对的？可能吧，方园想，如果她不是前女友，他一定觉得她现在这样很好的。如果是呢？他想，也是蛮好的。

这是此刻真实的想法，因为落在他现在的视线里，这样的结果是蛮好的，比自己好，比以前很多的假设好，尤其是她现在给人的这种爽利、强劲、干练的感觉，除了容颜渐老，好看不再，其余，一个人的成长是摆在那里的，有衡量标准的。这么说，当然你可能忽略了其间每一步的心痛，和不容易。

但你也知道，心痛哪里都有，比如现在这样坐在这里，惦记着海萍今天体检、明天开刀，想着自己等会儿该怎么向面前这个利落的、仿佛忘记了昨天的女人寻求帮忙。方园想。

书瑶在笑，她指着窗外的小孩，说，你们也送小孩出来了，不容易，其实大人都是一样的，哪个年代都一样的，呵，不过，现在是小孩好，我们小时候哪有这样的条件。

后来方园回忆起来，这些话都不可以去琢磨的。

好在坐在书瑶家的这一刻，他有些恍惚，除了她的样子、屋子，更大的恍惚还是来自于接下来。

接下来，方园说到了女儿HOMESTAY困境，甚至没说完，更还没提及请她帮助想办法，叶书瑶已经在说了：那不如住我们家，反正我女儿在纽约读大学，她这里的房间空着，空着也是空着。

书瑶会意、利落到如此程度，让他惊讶得仿佛是不真实的梦境。

于是，赶紧把朵儿叫进屋来，一合计，可以，虽然从叶书瑶的家到朵儿的学校，比现在从莫莉家到学校远，要多转一路车，多花40分钟，但如果早一点出门，也就解决了。

两个双胞胎对突然要来这么个女生也蛮高兴的，因为刚才在外面的时候，他们已经发现这姐姐喜欢《哈利·波特》，接得上他们的话。而老韩也没意见，看得出这个家现在是老婆拿主意。是啊，谁让她是上海女人，天生当家的。

一切如愿，方园想，来找叶书瑶真找对了。

这期间只发生了一点意外的趣事：方园朵儿后来在书瑶家吃午饭时，双胞胎中的一个突然问方园，我妈妈读大学时好不好看？

方园笑道，那当然好看，很好看的。

另一个问，有人喜欢她吗？

方园说，当然，只是人家追不上。

朵儿指着那边的墙，问爸爸方园，是那张照片吗？

方园看过去，突然发现，那是大三时与书瑶去黄山玩，自己给她拍的照片，用的是那个年代的傻瓜相机。现在它有些褪色了，泛着淡淡的粉红色。

小孩子眼睛尖。

方园和朵儿下午高兴地回到酒店。

一切如意。方园心想，我甚至还没提，她自己就说了，这是命，好运气。

那么，我付她多少房租呢？像现在付给莫莉家那么多，可以吗？方园想。

刚才在书瑶家，方园没好意思当面问她住宿费。那么，就以后通过微信问她吧，这样好一点。

而朵儿已在一旁给妈妈海萍打电话了。

不是说，今天要通视频吗？

妈妈海萍果然在家，穿着一件漂亮的吊带裙，脸在手机屏里晃动。

朵儿说，哗，老妈，你今天干吗穿得这么好看？我们去过爸爸老同学那儿了。

海萍在点头，咧嘴笑着，问，还好吗？

朵儿说，当然很好，搞定了。

海萍在笑，说，住她家？

朵儿说，是的，爸爸其实没提，阿姨自己说的。人超好的。

海萍问，好看吗？

朵儿说，比莫莉家好看多了。

海萍说，阿姨好看吗？

朵儿说，不好看。

海萍说，怎么可能?

朵儿说，怎么可能好看，一看就是女强人。

海萍笑，说，你没拍照片吗?

朵儿不解，问，是房子的照片，还是阿姨的照片?

海萍说，当然阿姨的照片，快给我看看，哦，房子的照片也看看。

朵儿笑了一下，说，妈妈你这样说，不会她是爸爸以前的女朋友吧?

小孩有点敏感，并且突然觉得这有点有趣，她还扭头看了一眼老爸，他正飞快地移过视线。

朵儿说，我只拍了房子外面的小花园，没好意思拍其他人。

海萍说，可惜。

朵儿说，反正以后去她家住，天天可以跟你视频她家的。

海萍在那头叫了起来，笑道，天天视频，你可别刺激老妈。

朵儿觉得这有什么刺激的，这时爸爸方园从她手里夺过了手机，说，让爸爸说几句。

他对老婆海萍说，都挺好的，挺顺的，你不要想得太多，你工作忙，朵儿下下星期搬过去，因为她下星期要期中考试，等考完就搬，叶书瑶会开车去接她的。

海萍“哦”了一声，说，我这边好的，都很顺利，明天，哦，也会蛮好的。

接下来，手机被朵儿夺走了。母女俩又交流了半天。

妈妈关照女儿，从明天起妈妈上班忙，暂时不视频了，不要想哦，可以发微信，你们先把你们那边的事办好，包括杨冰她的事，如果能向学校帮她说说情，也要说的。

32

董胜男安排的饭局，在城区的“王朝海鲜酒楼”，是一家福建人开的热门中餐馆。

今晚胜男宴请方园、朵儿父女俩，倒不是为了再去跟学校沟通关于可否取消杨冰警告的事。其实为这事，今天上午胜男已带着杨冰、朵儿去过了，校方说，接受这样态度诚恳的认错，但警告是严肃的，不可以随便取消，希望杨冰引以为戒。

对此结果，胜男来之前其实就有心理准备，所以也没太低落。

今晚胜男请客，主要还是为了聚一下，两个大人一起从上海过来，取消警告的事虽没办成，但也算为此努力过一场，并且也正因为此，她自己的另一个目标在渐渐地朝可以实现的方向推进了。可不是吗？她正是因这件事才来到了西雅图，并且有望理由充分地全面接管自己宝贝女儿的生活：首先是见到了朝思暮想、牵肠挂肚的女儿，其次是理由充分地住进了这边的这个家，虽然不是自己的家，但是女儿的家呀，女儿的家我不能住吗?！这两天与女儿朝夕相处，更让她明白了女儿对于她、对于她每天心情的意义，所以，这次得想办法不卑不亢、理由十足地在这里多住一段时间，最好能住下去，不走了，熬到女儿中学毕业，这是必须的，当妈的才知道为什么必须……

而就这两天的态势看，这个目标近了。

所以，董胜男现在心情还不错，她提出来两家一起吃个饭，也是为了让两个小孩更和好，经过这一次，小孩们真的得引以为戒了。另外，胜男想，如果酒宴上再使把劲，前夫与小妈吉吉就不可能不让她待在这里，住这个家。

方园和朵儿到餐馆的时候，胜男、吉吉、杨冰、杨清、杨玉、杨洁一大家子人也正好到餐馆门前。

一群人会合，然后往已订好的座位走。

方园轻轻叫了一声杨冰，说“叔叔有个东西要给你”，就把她叫到了一旁，从口袋里掏出了一个蓝色盒子，递给她。

叔叔，是什么？杨冰好奇地接过去。

方园笑道，“小钥匙”，你爸让我捎来的。

这个戴着黑线帽、表情微冷的女孩，说了句“哦，谢谢叔叔”，好像并不奇怪的样子。

果然，她看了一下盒子，笑了一笑，说，小钥匙。

随后她嘟哝着告诉叔叔，她这个老爸在她小时候就喜欢往她脖子上挂钥匙了，每天放学回家自己开门，因为爸妈做生意回家晚，所以小学一年级起就挂着钥匙了。

她微微撇嘴，说，现在呢，他倒好，给我弄出了这么多个家，你说，我开哪个门去啊?

她说这话的神态让方园想笑，于是赶紧跟她讲那天她爸托他转告的话，诸如“两个妈都在此地期间，请维护家庭和谐”之类。而他心里在想，瞧这孩子的酷样，我自己女儿都不一定听我的话，她不会觉得烦吗?

杨冰倒还好，她拿着小盒翻过来倒过去地看着，一边听着叔叔的话。

然后她笑了，说，叔叔，我知道，我都知道，两个妈在这儿，我能不懂事吗？其实我已经搞定了，不信等会儿我告诉杨汉君。

一会儿吃饭的时候，方园、朵儿就见识了杨冰这话是什么意思，她果然告诉她爸了。

一桌人热闹地吃了一会儿，她就给她爸杨汉君打电话了。

她爸不是说她从不给他打电话吗？但，现在她在打。

她拨通，说，老爸，是我，我们在吃饭。

那头说，啊，是冰冰啊。

她说，“小钥匙”收到了，谢谢老爸。

那头说，喜欢吗？

她说，你托朵儿爸爸告诉我的话，我知道，而且我全搞定啦，老妈和小妈可好了，她们现在可好了，老妈不准备回去了，她得在我家住下去，至少到我毕业，老爸，也就是她跟我过。

那头说，啊？什么乱七八糟的，冰冰啊？

杨冰瞅着她妈胜男，笑了一下，对那头的老爸说，我说的是老妈跟我们一起过。

这桌上，大妈小妈在一起“咯咯”笑。

方园、朵儿看着她们，有些傻眼。当然这是人家的家事，可不关他俩的事。

杨冰对老爸说，老爸，我可注意团结了，这两天我们家气氛超好的，妈不走了，你别不信。

不管那头的杨汉君信不信，也不管这桌上的方园朵儿如何迷惑不解，此刻杨冰说的可是真的。

这两天，杨冰与她妈发现母女俩谁也不能离开谁，于是，她与妈妈想到一块儿去了：必须一起在这里住下来，至少住到明年毕业。

杨冰想，她是我妈呀，凭什么她不能来住，她回去也是一个人过，一个人哪，又不像老爸那么花，娶了一个又一个，我妈妈最可怜，这是一目了然的，她凭什么不能跟女儿一起过，她没了家后，只有我这么一个女儿了，为什么不让她跟我一起过？

另外，杨冰还生气地想到自己在这边这个家里是最孤单的，就她最孤单，小妹杨洁是有亲妈在身边的，小妈吉吉自然总护着自己亲生的，而杨清、杨玉是亲姐妹俩，她俩进出是一起的，她们有两个人，只有她杨冰是一个人单着的，换了是你，你好受吗？所以她得让自己妈来，否则不公平。

而对于前前妻董胜男来说，自己女儿杨冰还有大半年就要高中毕业了，现在不能再出乱子了，也出不起了，更何况，自己这次来，一眼看过去，这么个女儿，变成了这么个酷女模样，当妈的心疼呀，知道小孩心里敏感着呢，是要有人照顾的。你再看那个小妈，哪管得了杨冰，再看这个家，就我女儿一个人形单影只，别人好歹有个伴。

所以胜男打定主意，脸皮再厚也要在这个家待下去，等杨冰上了大学，离开这个复杂的环境，自己再“洄游”上海，或者，跟着女儿去读大学陪她，到那时，母女俩真的可以相依为命了。

所以，胜男杨冰母女俩在认识上、情感上是一致的：在这里待在一起，不能分离。

而小妈吉吉竟与她俩产生了共鸣。

当然，小妈的出发点很不一样。小妈想，你自己来了最好，我可管不了你女儿，你不走也最好，最好直到这小姑奶奶毕业，否则你女儿再惹出个乱子，被学校遣送回国，我可承担不起了，我老公非怪死我不可。

此外，吉吉还知道，这个前前妻虽已离婚，但在杨家老人那边是有地位的，因为最初这个家族创业有她一份功劳，而且杨汉君也是念着这点的，他家老人至今还在他耳边嚼舌头，觉得这个前前老婆是招财的，而其他两个，一看样子就不靠谱，还是这个大的好。

吉吉知道这些，所以怀疑这个前前妻胜男对老公还有影响力，虽然看起来老公挺烦她的，但男人是很难说的，再说他们两个虽离了，但人都在上海，搞不好还时有碰面，比起她这个小妈来，反而跟他近了，加上这个女儿杨冰太厉害了，万一被学校遣送回去，有这么个女儿在他们旁边，那还了得，什么可能性都有。所以，还不如让这个大妈守在这里太平，自己也少一点提心吊胆，所以，她董胜男愿意来，就来待着呗，又能在这里待多久呢，顶多也就大半年，杨冰总会考出去、嫁出去的，到时候，我老公反而还会夸我大气。

反正各人心里的算盘珠子都在“噼啪”作响。

于是就有了共同的交汇点，于是什么都顺了：这两天吉吉对胜男是客气相待，而胜男也报以相敬如宾。对原本个性极强的胜男来说，如今忍让这小妈，是大局意识，再说自己到这儿一看，凭良心讲，也确实觉得这小妈当得不容易，这么一屋子小孩，各有脾气，换了是自己，还不肯做呢，如花似玉的，干吗当个实质上的老妈子。

于是，她俩这两天处得确实不错，宛若姐妹。

现在，杨冰就在对老爸杨汉君汇报这个成果。

她说，老爸，现在我们统一一下认识，我跟我妈商量好了，我妈得在这里住下去，小妈也觉得这主意不错。

那头说，啊？

他确实只有“啊”的份。

杨冰说，好吧，老爸，我让我妈跟你讲。

于是，她就把手机递给妈妈胜男。

胜男笑着说，哎哟，老杨，我看也只有这样了，女儿从现在到毕业是关键时期，再也惹不起事了，你以为我想在这里受罪啊？吉吉人也很好，我特喜欢吉吉。

胜男转脸看了一眼吉吉，递过一个笑脸。她对前老公说，我让吉吉跟你说。

吉吉拿过电话，说，老公——胜男姐说得有道理，小孩这个阶段需要她妈妈来陪，胜男姐本来也未必能待得住，但现在只能顶一下了，老公，你放心吧。

杨冰伸手，从吉吉手里拿过电话，对那头说，OK，爸，你看我们不是搞定了吗，全搞定了。

那头说，啊？

杨冰说，爸，你真的想我吗？那你沿着电话线爬过来。

……

这边两个小孩杨清、杨玉已经在哭了，其中一个在嚷嚷：太不公平了，姐姐和小妹都有妈在这里，我们太不公平了。

方园和朵儿赶紧相劝：别哭了，别哭了。

杨冰撇嘴，说，那你们也叫姚丽来呗，她能来吗？她有老公了。

好不容易吃完，方园、朵儿赶紧与这一家子Byebye，离开了餐厅。

朵儿先陪爸爸回到酒店门口，然后转身去乘公交车回莫莉家。

爸爸站在台阶上看着女儿的背影。

突然朵儿转回来，告诉爸爸：那怎么办？如果我是杨清、杨玉，我也会在乎的，如果其他两个妈妈都在身边，那不是确实不公平了吗？

方园笑笑，向她摆手，说，那是人家的事，我们可没那么多妈。

33

方园走进酒店大门，看见叶书瑶正在前厅等他。

她坐在沙发上，向他挥了挥手，站起来，拎着一塑料袋东西走过来，说，方园，我刚从超市下班回来，顺便到这儿来看看你，给你带点吃的。

方园知道她不完全是为了送吃的，嘴里说，这么客气干什么。

果然，书瑶拉了一下他的胳膊，说，方园，住宿费不用了，我们老同学不说这个的。

原来今天上午方园给书瑶发了微信，征询住宿费的事。但她一直没回他。

现在见她这么说，方园赶紧摆手说，哎，这个不可以，没这个道理的。

书瑶笑容干练，说，怎么不行？老同学哪。

方园有些急了，说，那怎么行？书瑶，你能帮这个忙我们已经非常非常感谢了。

书瑶说，方园，你别傻了，没多少钱的，才几个月哪，大半年都不到，我们的房间本来也空着。

方园说，不能这么讲，否则我接受不了，不可以。

看着他固执的样子，书瑶的眼睛里闪动了一下，说，方园，能帮到你，就很好了，真的。

方园转过话题，说，那天我又没提，你怎么知道我正愁这事？

她笑着摇头，轻声说，你的性格我还不了解吗，没事怎么会突然这样来找我？都23年了，即使这样找过来，不知犹豫了多久哪。

方园脸红了，嘟哝道，哪里啊，其实看你现在挺好的，我在想，如果当时知道这样，没准我还挺认的，指不定还就高兴了。

她知道他当年所受的伤害，但当年她不难受吗？所以，此刻她的想法可不是方园的路子，她伸手拍了一下他的胳膊，笑道，别想多哦，帮你可不是为了以前哦，因为以前不知道人现在怎么样，该领受的它早还给各位了。她摊开自己的双手给他看，喏，方园，你看，出来了，也是吃了一场苦的，连我爸妈都不一定想到，反正，我这大半辈子的感受是，哪个阶段你嫌它烦，想把它丢在地上，“呼”的一下飞过去，可到后来，它都得要你自己捡起来的，包括出国，哪有这么轻巧，我知道当年你一定不这么想我。

我现在知道了。方园嗫嚅道。

他伸出了手，握她的那双手，笑道，哎，如果那时候知道我们以后会像现在这样为了小孩在一起说话，不知会怎么样哦？真是做梦也想不到。

她笑笑，瞅着他，问，会好过一些，不恨我一点？

她这情绪，跟她刚才利落的话语好似产生了点盘绕，方园心里有莫名而起的怜悯，他嘟哝着，哪有，不恨。

她伸手拥抱了一下他。他俯下身碰了碰她的脸颊。记忆里的那些年，在那个遥远的青青校园里他们曾是多么疯狂地相恋，彼此是彼此的初吻，那真是不谙世事的年华，而如今已呼啸而过。

现在，方园对着她的耳朵说，住宿费，你不可以不要，这个不可以，因为海萍会不高兴不花钱。

哦，我明白了。她说。

OK。方园微微抬起头，刹那间他愣住了，因为他看见朵儿正站在前厅的大门边，冲着他和书瑶发怔。

后来，朵儿一声不吭，随老爸方园回房间。

朵儿是来拿她忘在他酒店房间里的作业本的。

今天下午，她在老爸房间里做过一会儿作业，后来傍晚去"王朝海鲜酒楼"吃饭的时候，走得匆忙，把其中一本数学作业本忘在桌上了。

现在朵儿一边把作业本放进书包，一边说，我不换HOMESTAY了。

方园有些慌乱，脸红着说，不是你想象的那样，朵儿。

朵儿不吭声，她心里乱乱的，虽然她有时也像她这个年纪的女生有点八卦，但她可不希望八卦到自己老爸身上。

方园看着这半懂不懂的小孩，他的嗓音有些低，仿佛哀求，朵儿，你还小，一下子没办法跟你讲清这世界上大人的有些事情，所以，现在爸爸只要求你相信：爸爸没骗你。

朵儿觉得心闷，其实，今天从餐馆到现在她心里一直发闷，好像知道为什么，又好像说不清。

她看着爸爸尴尬的脸神。她感觉老爸可能不是骗她，老爸这样的，谁看得上他啊。

但他的语调，让她感伤了。他在说，也正因为大人都在尽力，你该去书瑶阿姨家住，因为不容易，一片心意。

对朵儿来说，这是一个琐事蜂拥、情绪起伏的晚上。

朵儿从酒店回到HOMESTAY住妈莫莉家时，是8点钟。她推开门，与正准备出门的住爸巴德先生打了个照面。

巴德先生提着一个行李箱，背着一个大大的包，像是又要出差去了。朵儿向他点点头，准备往自己的房间走。他经常这样出差，一家人都已习惯了。

但今晚，巴德先生叫住了朵儿，嗨，玛丽。

朵儿见他腾出了一只手，在向她摆动，嘴里在说，玛丽，我们再见。

朵儿心想他今天蛮客气的。平时这是一个沉默寡言的男人。朵儿向他点头，说，再见，巴德先生。

哪想到，住爸巴德先生有事要告诉她。他说他以后不来这里了，他跟莫莉离婚了，所以再见啦。

他说，这一年很高兴认识你这个中国中学生，祝你考上好大学。

朵儿傻眼了。这样就离婚了?

朵儿心想，他们这样子天天吵架的，确实是要离婚的，现在不就离了吗?

她想，难怪，最近楼上少了他俩吵架的声音。

但这样就离婚了?

原本像她这样的中学生，对别人家大人的此类情感事，还没有太多的轻重感，加上如今学校里单亲小孩多得是，越来越没觉得哪家大人离婚了又怎么了，但现在巴德先生这么个人，背着包要走了，再也不回来了，这突然让她有些发愁。

朵儿声音有些低，说，祝巴德先生好运。

巴德先生向这位显然惊愕着的中学生略微解释了一下：也不是莫莉不好，也不是我不好，是因为不快乐，没有办法，希望都快乐，再见，玛丽。

他就出门了，朵儿听到开车门的声音，放行李的声音，然后是汽车发动机的声音。

朵儿沿走道往自己的房间去。她没听见楼上的声音。当她转过一层楼梯口时，吓了一跳，杰克、妮可、查理，这家的三个小娃像三只小猴坐在昏暗的楼梯上，一高一中一低，安静无声。

朵儿脱口而出，你们在干啥?

妮可说，跟爸爸再见。

妈妈呢?

妈妈在楼上房间里。

朵儿往自己的房间走，她听见查理在问着杰克什么。

34

林红站在医院住院楼走廊的尽头，在打电话。

这是一大早。走廊里一片安静。

她在给表弟方园打电话，她知道西雅图那边大概是下午时间。这个电话必须打，哪怕越洋话费昂贵，因为他在等。

走廊里飘着药水的味道，有一个病人被家人扶着在走。林红对着手机说，方园，顺利。

她听见在一片嘈杂的背景声里，方园简洁地问：好吗？有没有不妥？

林红说，挺好的，昨天下午做的，现在还睡着，昨晚是你妈陪的，有些事我帮着，你放心。

方园问，还好吗？

林红说，你老婆超强，我们医院从没见过这样的人，从手术室被推出来的时候，人是在笑的，还全麻着呢，太强。

其实从昨天下午进手术室前，海萍就在笑了，她对赵姨、林红说，我没事的，我这人直觉超准，这一刀下去，熬过5年没事的话，再熬过3年，那就算没得癌了。

她还笑言自己得去拿下那顶小“乌纱帽”戴戴，朵儿的学费还靠它呢。

她就这样笑嘻嘻地进了手术室，一个多小时后，躺在推床上被推出来时，竟然笑容夺目，露出一口洁白的牙齿，在大声叫“林红、林红”。

表姐林红心里震动，但知其意，赶紧掏出手机，“啪啪”地拍了两张照片，准备到时传给方园，好让他放心，先在美国一心一意把朵儿的事办好再说。

现在，林红听见方园在电话那头说，小“乌纱帽”？有没搞错。我现在跟朵儿一起在看三文鱼。

林红“哦”了一声，按掉电话，把照片传到他微信里。

然后，林红叹了一口深重的气。

因为她知道，医院做的病理切片表明海萍的情况不是太好，可以说较重。

当然，这是现在不可以告诉他的，更不可以告诉病床上的海萍。

林红有些忧愁地看着走廊，送早餐的推车正从那一头过来。

35

方园接到这个电话时，正跟女儿、她的几位同学，及杨冰妈妈董胜男，在家附近一个小镇旁的大溪流边看三文鱼洄游。

此刻，方园放下手机，神情有些慌张，因为朵儿就在身边，他怕她听见。

眼前是渐浓的秋色，绚烂红叶，清澈水流，湛蓝天空下，海鸥在飞翔。方园对于这美景有些心不在焉，除了他在等的刚才那个电话，还因为今天来这里游玩，本来就是计划外安排。

方园明天就将返回国内，原本他还可以在这里再待5天，但因牵挂海萍手术，加上HOMESTAY已经办妥，他就改签机票，提前回去。

真要走了，朵儿倒是又在嘀咕了："爸爸，你不是请了10天假吗?"方园说单位有事。于是，朵儿跟杨冰母女俩昨天一合计，决定利用爸爸回去前的最后一天，去看三文鱼洄游。

这是这一带的观光亮点，而且杨冰也说了好久了，一直没去成，现在正好一起去。

她们当然拉上了同学洛克。

对于这男孩，董胜男一眼就喜欢，她想，我怎么没生这么一个，如果有这么一个的话，就不是杨汉君移情别恋的问题了，而是老娘才是他的命门了。这男孩的聪明、好看是一目了然的，这不，听杨冰说，他剑桥、麻省的offer都来了，现在还在等伯克利。这样的小孩谁不喜欢，假如杨冰喜欢，那也是没什么大不了的，到她这年纪，不喜欢这样的，那还喜欢哪样的? 当然喽，喜欢，并不代表你可以对别的同学动气，都还小着哪。

而方园对男生洛克的感觉，可没这样的情感化，他只觉得这孩子太能说了，站在溪流边，简直就是一个讲解员。

其实开始的时候，洛克也没说什么。大家看着溪流中那些远道而来的黑色三文鱼在溯流游动，拼命向上，遇到石块、石阶、瀑布，不时跳跃……有激流勇进，也有伤亡，有些鱼儿被撞得伤痕累累，有些则漂浮在水面上。

洛克，这个穿着红色套头衫、面容稚嫩的男生，不知是什么时候开始讲解的，而讲着讲着，他就成了这样的一个讲解员：

"它们为什么要回到这条小溪流里? 因为最初它们就是在这里出生，这里是它们小时候的老家，它们在这里生长一年，就游向下游的湖里，在那里又用一年时间，再长大一些，随后游向海洋，由此开始了它们在浩瀚大洋里的遨游，由此享受它们这一生最自由的时光，它们甚至环游了整片大洋……一直到某年秋天，它们突然感应到了生命中的某个信号，那是冥冥中的预示，那是回家的时候到了，于是它们关闭全身免疫系统，不再进食，被这神秘信号召唤，用全部力量回家，它们要回到生命最初的地方去产卵繁殖。

“这回家的路，与小时候它们出来的方向刚好相反，从海洋游回最初的溪流，这一路无数险阻，除了等待猎食的鱼、鸟以及人类，还有各种石头、急流、瀑布、台阶。它们除了游，只有跳。而回家的意志不可阻挡。许多鱼儿还没到家就力竭而亡，你们看溪流转角那儿，红色一大片，就是那些还没回到家的鱼儿的遗体，而那些幸存的同伴，则继续洄游，不停地游，伤痕满身，终于回到了小时候的地方，它们像当年的爸妈一样产卵繁殖，然后匆匆死去，死在这一片它们出生的地方，等来年鱼宝宝出生，又开始新一轮的远游与回家……”

几个同学都不讲话了，一起往溪流转角那边看，那儿滞留着一大片血痕累累的死鱼，这场景因为有洛克的讲述，立马有了催泪大片的色调。

胜男在擦眼睛，她嘀咕着：得把某些人拉到这里来进行思想教育，这是做思想教育的地方。

方园虽觉得洛克这小讲解员蛮热心的，但给他这么一讲解，朵儿等几个，包括自己，心里有些沉重，不像是来玩的了。

于是他拍拍洛克的肩膀，“呵呵”笑道，洛克，你还会拟人手法呀，这是鱼，三文鱼只有经历这样一个自然选择过程，才能留下最强壮的繁衍后代，所以对它们来说，这是好的。呵，生切三文鱼片，是我和朵儿最喜欢吃的了。

方园这么说是想逗一下朵儿的情绪，这孩子被洛克讲得眼圈都发红了，假装在看右边的红叶，其实可能是想哭了吧。

方园有些后悔来这里，这两天这小孩总是“回家回家”的，这地方哪能来啊，触景生情哪。

此刻，朵儿竖着耳朵，在留意爸爸与洛克说什么话。她没转过脸来，她绷着脸，面对红叶，生气地说，这是两个问题，一个是人文问题，一个是自然问题，还有，这么看过三文鱼洄游了，谁吃得下?

洛克笑了，对方园说，我也是早上刚看的资料，可能是儿童读物。

这确实是一个让人忧愁的风景。回来的路上，朵儿看着车窗外，心里想着水里那些拼命洄游的鱼。

她眼眶里有水在打转。她绷着，没让它掉下来。她想，它们在海洋里转了这么一大圈，怎么还记得住自己出生的那条溪流在哪里呢?

她听见身旁的爸爸在跟她说话。

爸爸说，明天上午的飞机，我去机场比较早，你就不要来酒店了，也不要来机场了，我一个人过去，你不要送，这样轻松方便，你早上多睡一会儿，好不好?

朵儿点头。

36

看三文鱼归来，朵儿与爸爸在酒店话别，转车回到HOMESTAY莫莉家时，已是傍晚。

莫莉已下班，正从小学、幼儿园接了三个小娃回来，看见朵儿在，莫莉一边把手里的袋子放在门廊的地上，一边关照朵儿，杰克身体不舒服，好像病了，我带他去看医生，回来可能会晚，玛丽，你能煮点意面，跟查理妮可先吃吗？

以前莫莉从没叫朵儿相帮做过饭，住爸巴德还在这儿的时候，这种时候总是住爸出手，但现在住爸已经不在这个家了，只能让这个半大孩子帮一把看看。

朵儿点头，她看着莫莉火烧火燎地带脸色灰白的杰克去医院，而这边查理还吵着要跟去。

朵儿哄了查理两句，没什么用，就说，好吧，姐姐带你一起做晚餐好不好？

小家伙就转移了注意力，高高兴兴地跟着朵儿上楼去厨房。

妮可拎着刚才妈妈放在地上的口袋，跟着上楼，说，这里有妈妈买的蔬菜，玛丽要用吗？

现在朵儿准备煮意面，身边跟着两个想一起参与做晚餐的小孩。

倒水，煮水。

朵儿告诉他们，水开后，下意面，煮好后，捞起来再倒番茄酱，这是最简单的做法，当然不会好吃，查理，对不对？所以我们还可以用平底锅炒一点肉末、蔬菜末，放一点芝士，跟意面拌一下，这就好吃一些，对不对？妮可，但估计你也不会太喜欢吃，因为我们平时天天吃的就是这个……

小孩都笑了。朵儿摊摊双手，说，那有什么办法呢？谁让你们不是在中国。

这么说着，朵儿突然心里一动，哎，爸爸这次来，不是给我带了一包粉丝吗，要不今天做这个？

这主意不错，再说，这粉丝也得吃掉它，过些天要搬去叶书瑶阿姨家了，省得到时带过去的东西杂七杂八一大堆。

于是，朵儿赶紧把火关了，回头对两个小娃说，不吃了，不吃意面了，我今天给你们做个中国晚餐吧，粉丝汤。

两个小娃超级好奇，妮可被朵儿支去洗一棵青菜，查理被派去冰箱取两只鸡蛋。朵儿下楼从自己房间里拿来那包粉丝。妈妈海萍知道她从小就喜欢吃米粉、粉丝这类东西，所以这次让爸爸捎来了一包。

朵儿先将粉丝浸入刚才锅内烧温热了的水中，说，咱们先泡一会儿，把它们泡得软软的。

在浸泡粉丝的这段时间里，朵儿回答妮可的问题——“这是什么？”

粉丝。朵儿说。她想描述一下这东西的征状，突然想起以前在哪儿看到过一个描述——“雨”，好像就是将这种亮晶晶的、呈线条状的粉丝向老外描述成了“雨”。呵，蛮有意思的。

于是朵儿指着窗外正在转黑的天色，说，“雨”，我们等一会儿要吃“雨”，像雨一样，一条条，哗啦啦。

两个小娃万分好奇，围着她和那口锅，像小猫一样团团转。

小孩子有些天真的期待，使朵儿也兴奋起来。她从冰箱里拿了一点肉末，开始回想妈妈做这菜的程序。

当一锅透亮、喷香的青菜肉末粉丝汤做好，端上桌时，那种熟悉的中国味在餐厅里弥散，朵儿想起该放点醋，可这里没醋，哪有啊。

呵，要不放点柠檬。

朵儿对妮可说，帮我去冰箱拿个柠檬。

妮可飞快地拿来。

两个小娃央求朵儿让他们往汤里挤柠檬汁。朵儿说，好，捏着半个柠檬，往里挤，不要挤太多哦。

后来，三人坐在桌前，吃HIGH了这锅粉丝汤，柠檬汁让味道多了一份奇异的清香。嗨，还真的不错，很配的，好像还有了点东南亚的风味。朵儿好不容易用叉子挑起了一条滑溜、晶莹的粉丝，对两个小孩说，看，东方晚餐“雨”，哗啦啦，没骗你们吧。

住妈莫莉带杰克看了病，又去药店配了药回来，上楼看见这三个小孩正坐在餐桌前吃得稀里哗啦，查理在说着“下雨啦，下雨啦”。

莫莉好奇地问，下雨了？没有啊。你们在吃什么？

妮可查理异口同声地说，雨，“哗啦啦”，下雨了。

莫莉好奇地走过去，看见一大盆晶莹的粉丝汤，上面漂着一些肉末和碧绿的菜叶，她闻到了一种融合着清新、鲜香的气息。

她说，是中国食物？玛丽，这是从哪里来的？

朵儿说，是从中国带来的。

后来莫莉和杰克在餐桌旁坐下，这粉丝同样让他们觉得十分美味，尤其杰克，原本正在发热，没有什么胃口，但这粉丝汤好像是冥冥中今天专为他做的，他呼啦啦地喝下了两碗，额头出着汗，人也舒服一些了。

莫莉问朵儿，这中国食品是你什么时候从中国带来的？真的很好吃。

朵儿说是爸爸这次来看自己，从上海带过来的。

莫莉略有些吃惊地问，你爸爸来看你了？

朵儿说，是的，4天前他从上海过来的。

莫莉问，那你怎么没带他来家里？

朵儿避过她的视线，眼睛看着对面沙发上、地上的一堆乱衣服，心想，还带他来呢，不来还好，如果来，一看这儿，还不把他惊昏。

朵儿心想，要不现在就告诉莫莉自己下周就要搬家了，爸爸这次来帮助找到了新HOMESTAY。

但她看着这桌上的三个小娃，和他们的妈妈莫莉此刻问自己的样子，觉得立马说“我要从这里搬出去了”，一下子好像不太说得出口，也不太对接得上莫莉此刻关于“爸爸为什么没来这里”的问题，朵儿心想，还是过两天再单独对她谈这个吧。

朵儿看了一眼住妈莫莉，伸手指了一下房间，语焉不详地说，我爸如果来这里看了，回去会不放心的。

莫莉的脸瞬间红了，她知道她在说什么。她嘟哝了一句“Sorry”，又说，其实，我们也可以欢迎你爸爸来的。

这个晚上，莫莉把客厅收拾了一下。

她感觉自己的脸颊还在微微地烫着。她心想，这是有些丢脸，人家家长从那么远的地方过来，这小孩居然没带她爸爸来她住的地方看看，也不知她对她爸爸找了哪些借口。

她捂了一下自己的脸，环视房间，是的，这里好乱啊，乱得都没办法、没信心下手收拾了，自己和巴德住在这里从一开始就习惯了这样，所以没有觉得这里有多难看，但外面来了这么一个小孩，可不会这样想，她是想着面子，不想让她爸爸看见，不想让她爸爸为她担心呢。

她明白这女孩的心理。她想，玛丽这次一定费了心思，拦着她爸爸没让过来，她爸爸不可能不想过来看看女儿每天生活的地方。

莫莉盯着窗外有些发怔。她看见楼下小花坛里透着从玛丽房间里照出来的光线，她知道玛丽又在做作业了，她眼前闪过她小小的脸，突然觉得这小孩也不太容易，比杰克也就大了8岁。

她回头再看了一眼这屋子，这里的一切在此刻视线中更凌乱得疯狂了，她想到巴德走了，这里只有自己和三个小孩，连同外面来的这个中学生，这里更像一个临时的落脚地了。

可怜的杰克妮可查理。她想，如果我不扛在这里，你们怎么办啊，你们就像楼下的玛丽那样，成了爸妈不在身边的小孩了……

这天晚上莫莉洗完餐具，把下午从超市买来的牛油果从袋子里拿出来放进储物柜时，留出了一个，放到了餐桌上，她想，记着明天让玛丽带去学校吃，她不是喜欢牛油果吗？也谢谢她今天的“雨”。

37

此刻，方园的妹妹方芳正坐在从石家庄到上海的高铁上。

列车风驰电掣，窗外掠过田野、村庄、山地。她想，好几年没回来了，交通好得让人不敢相信了。

其实4天前她已从美国加州飞到了北京。

这次回国，她是来办三件事的：一、老公季平原家祖屋的拆迁款分配事项；二、上海老妈的心结化解问题；三、去探望正在上海做交流生的女儿米娜，看能否劝她早点回美国。

这三桩事，是由第一桩引发的，正因为它，方芳才突然回中国。

大前天，方芳从北京转火车、长途汽车、出租车、三轮车，来到了河北中部的一个偏僻村庄。

那里可不像此刻这一列正在飞驰的明净高铁，那是这个世界的B面——王村，老公从小生活的一个清贫村子。

当方芳踮着脚，穿过王村脏乱的路面，走向季家老屋的时候，她知道留守村里的那些老人和小孩都在打量自己的背影。

方芳来王村办的这一桩事，本该由老公季平原来处理。但在方芳看来，季平原办这事还不如自己来得利落，而且他也推托说最好由她代表，虽然这是他老家的事。

方芳知道原因，那是因为他那一个家族的人对季平原这个长子是有情绪的，在这种情绪面前，他有些畏惧，怕烦。

什么情绪呢？

很简单，在他老家那堆亲戚看来，他这么个在美国立足了二十多年的人，还要来分这点拆迁费吗？

在他们眼里，他这个远在天边的人，对这一家有出过多少力了吗？有服侍过他父母几天吗？要知道，当年他不仅是全村的骄傲，还是这个家唯一的寄望，不仅是家里的面子，还花尽了这个家所有的里子，一个农家子，从国内中学、大学、研究生，一路读到博士，然后出国，立足海外，这“跃龙门”的代价，是农村父母一贫如洗的家，和另外两个弟弟较早中断的学业，一个当农民，一个在外打工……而他跃过龙门后，对这边家里有过多少反哺呢？有乡邻甚至越来越觉得，季平原的这份荣耀，是华而不实的东西，是白苦了家里其他人一场。他们私下议论，远在天边的这个人，指望不了他对这个家的日常照顾，但如果他自己也没心思呢？你说说季平原有多少年没回来了？这么看来，这是这家人多傻的一笔投资。

所以，当方芳大前天傍晚穿过清苦的王村，走进季家泛着白光的旧门，直至坐在一条细细的板凳上，手拿一碗有些浑浊的茶水而不知是否该喝一口时，她都能感觉得到这个村子在窃窃私语的声音。

切。方芳心里在说，定义不一样，如何说到一起去？

方芳对季家这边的这类情绪不屑一顾，她想，这是你们的想法，回报？父母不会这么想，他们总是希望儿女好，他们对平原是有恩，但我们对子女也是这样付出的，不期望回报的，你们其他人说什么闲话，季平原对他父母是有义务，难道对你们也有义务？别总觉得我们在美国日子好过，在外面哪有这么容易的，没准还是你县里的一个干部滋润呢，在人生地不熟的国外，我们能照顾好自己已是最大的尽责了。

所以，在方芳看来，这些人的价值观属于过去。她想，不是我们不想帮，而是你们动辄就想靠人家，动不动就以为城里人帮个忙有多容易，季家有那么多亲戚，我们怎么帮得过来，我们在美国也是普通人家呀，我们也不是土豪呀。

事实上，这也是方芳与老公季平原这些年来的心理。

所以这些年，季平原方芳一家就有意与这边的一群人保持疏远，不太来往。而季家亲戚这边，也因此更视季平原亲情淡漠，没什么良心。

至于这次突然而至的拆迁款，是老家祖屋因为当地修公路要拆迁，所以政府有一笔补偿金，还比较多，所以三兄弟得讨论一下分配方案。

在王村人眼里，这边两个弟弟自己分掉了也就分掉了，因为毕竟他们更不容易，更需要这笔钱，他们也为这个家付出得更多，而之前这个家的钱不是都花到当哥哥的季平原身上去了吗？

但就如同这个家族对长子有要求一样，他们在分家产方面，也是讲传统规矩的，即，每个儿子都有份，这是祖上的规矩，至于具体数额怎么分配，那是三个儿子之间可以商量的事。

于是老二老三联系了人在美国的老大。于是，方芳就代表老公过来了，讨论怎么个分法。

这一场讨论发生在昨天晚上。在季家堂屋昏暗的灯光下，一家族人坐在一起，方芳跟季平原的两个弟弟坐中央，还来了大伯父、二伯父、小叔叔、大舅舅、舅奶奶、姑妈、堂兄、堂弟、表哥……

方芳心里不是滋味，她想，他们三兄弟分财产，关你们这些三姑六婆的什么事？难道要开大会？呵。

还真的开成了大会，并且越开越往方芳心里不安的方向走。

先是出来了个大伯父，84岁了，他用浓重的土音，表达了这个家族长者们的意见，他说，根据家规，这笔钱是平分，但我和几位老的商量过后，觉得大儿子季平原应该少点，老二、老三多一些，因为两个弟弟对这个家做得多，尤其老三。

于是，方芳感觉一屋子人的视线好像落在了她的身上，这让她有些不舒服。

她笑笑，告诉他们，季平原钱多钱少不是问题，没关系的，但既然这个家原本有规矩，而现在又要改变这个规矩，原因是觉得我们季平原为这个家做得少，那不就好像是因为我们亏欠了这个家，才低人一等，钱我们可以少拿，但我们不来背这个压力，这不是钱多钱少的问题。

她的话语逻辑他们未必能理解，但他们谁都听得懂她的情绪，于是一屋子人相互看了一眼，这一眼让方芳感觉是不是在开公审大会啊。

季平原做得不少，做得最多？姑妈嘴唇哆嗦，站起来说，我也不会说话，但天地良心，你们看看他，这个老三，他大哥季平原跟他比比看。

姑妈用手指着老三，那个沉默、憨厚得像一块土石的农民。姑妈说，老三书读得最少，家里没钱供他读下去了，才小学毕业哪，但是这30年，是他守在妈妈爸爸身边，陪护、养老、送终，两个老的为家里出了个状元忙了一场，但最后还是身边这个小的、这个农民尽心尽力地尽孝、操持这个家。

同样，姑妈也没说得太明白，但谁都知道她想说什么，包括方芳。

所以方芳仰了仰头，告诉他们，父母培育小孩不会指望回报，这跟在田地里种庄稼不一样，一代人对一代人付出，其实是不在意回报的，有时候只要子女对他们笑一笑，可能就是他们的回报了，我们自己也是这样，你们说父母会指望小孩子都守在他们的身边吗？如果真守在身边，指不定愁成什么样了，因为父母不会那么自私。所以我们旁人不能用我们的视角去评价父母或者一个家的这种性价比。其实从某种角度上说，季平原还羡慕这个三弟呢，因为他能每天看见爸妈，能陪护自己的爸妈，你们别觉得季平原没有良心，他对父母朝思暮想、牵肠挂肚这一点我最清楚。

舅舅脸上有冷冷的笑，他说，呵，他爸妈死的时候，他都没回来，还朝思暮想？

方芳看了他一眼，说，两位老人走得都那么突然，他教书的那所大学一下子调换不过来课程，但他的悲痛我是看在眼里的，你们知道吗，他跑到海边去哭了一整夜，烧了白花，抛进海里，长跪不起。

堂哥是镇上的干部，他对方芳的不爽是这边人说什么，这女人都有一堆回话，而且是一大堆。于是堂哥站起来，说，不管你怎么说他有良心，我告诉你，如果我有这么一个儿子，我就认了自己是白养了，是这里的血输到美国去了。

他指着季家破旧的房子，两个弟弟老相的面容，说，记住他们，跑得再远，记住他们吃的苦。

伯父说，好啦，好啦，既然你来这里，总是得依照这里的规矩，这里的人做事得讲个说法，说得通，才能心顺。

所以，从大前天到今天一早离开王村，方芳在王村的心情一直是不愉快的。虽然最后她同意给老三多一点，但她认为道理没通。

她心里是不舒服的，她想：季平原对这个家是有义务，但那是对他爸妈的义务，他爸妈走了，他对兄弟有什么责任？说他不管这个家，但人大了，自己也有了一个家，管好自己的家也是职责，我们在美国也没那么容易呀，两手空空地去，我们什么基础也没有，哪个父母不对儿子投入过，再说，我这个儿媳妇当年嫁给他，我啥都没要啊，反而是倒贴你们家呢！

这是她的想法，所以注定她与季家那些人是无法对接的，因为对于某些事物定义不同。

现在，方芳坐在去上海的高铁上。

她希望这两天自己在王村经历的情景，能像此刻车窗外的风景，飞快地从心里掠过去。

她想，终于结束了，难怪老公不敢回来。

唉，是想回来，但又不敢回来。方芳叹了一口气，难哪。

她摇摇头。她决定从这一刻起不再去想老公他们家的事了，因为自己现在正在去上海看妈妈的路上，妈妈是她本次回国之旅的另一个主题。

她想，这次回家得跟妈妈好好聊，让老人开心一点。

这才是她自己的正经事。她知道妈妈近两年对她是有想法的。但再有想法，也得化解，否则心里不踏实，因为她是自己的妈妈。

方芳从座位上站起来，活动了一下腿脚。她心里说，唉，确实，观念不一样了。

方芳来到上海妈妈家。赵姨正在厨房里给远道而来的女儿张罗小菜，红烧划水、糖醋小排、鲫鱼豆腐汤，都是方芳从小就喜欢的。

方芳看得出妈妈对自己的到来还是很高兴的，虽然近两年在电话里母女俩时有争吵。

方芳让妈妈少烧点。妈妈说，是的，是的，不多，这两天也没精力弄，事儿多。

方芳发现妈妈看起来确实有些疲惫，一问，居然是在医院里陪夜；再问，嫂子海萍竟然得大病了，再问，方园这两天去美国为朵儿处理HOMESTAY去了。于是叹息。

哪想到这么一叹息，妈妈的忧心和抱怨再次打开：也不知道你哥哥这一家后面会怎么样，小孩还在外面读书呢。方芳，当时你不帮，如果帮一把，也多少好点……

方芳今天不想谈这事，这是她聪明的地方，她赶紧把话题转到了另一个角度：妈妈，你别管我们这些小辈了，你现在首先得管好你自己，这才是对我们最大的帮助，如果你再惹出点病来，那可怎么办！妈妈，我看，海萍这陪夜的事，你这年纪可顶不住，咱得请保姆，这比你去陪更合理。

妈妈憔悴的脸色，让方芳接着往下说，妈妈，你照顾好自己，这才能让方园在这边减轻压力，嗯，刚才在高铁上，我听同座的讲起一个事情，说这里的养老院提前10年去登记都不一定排得上队，这么说来，妈妈，好多事咱们是得有规划了，要早做准备，要不，妈妈我们也赶紧去登记，排队。

赵姨果断地说，我不去，公立的养老院，哪怕排10年队也住不进去，私立的太贵，听说六七千块钱一个月呢，哪里住得起啊！我就在家里好了，自己养老，安安静静。

方芳今天犯的错就在这里，她抬头环视着这间老屋，说，妈妈，其实这个房子以后可以卖掉，养老。

赵姨睁大了眼睛，说，卖掉？那我住哪里？

住养老院呀。方芳说，卖房养老，是一种策略。

赵姨说，我不去，没了这房子，就没家了。

方芳觉得妈妈的思维有些迂腐，她说，现在好的养老院，完全是家庭感觉，单间，还有医生，护理，全天候餐厅，不要太好了。

方芳觉得这主意是可以考虑的，她站起来，看了看这间从小就熟悉、无数次入梦的老屋，说，妈妈，卖了房，这点钱足够你住养老院了。

妈妈赵姨的脾气由此而来，她突然说，你净打卖房子的主意，房子没了，这个家还有吗？

赵姨站起来，指着房间里的柜子、桌子、书架、冰箱……情绪激动地说，一点一点，都是我跟你爸爸一点一点像两只鸟一样从外面衔进来，才有了这个家，你居然说卖掉？！你刚从那边过来，平时啥事也没给这个家做一点，现在这么转一圈回来，竟打卖房子的主意了。这房子是什么？是家，没了这个家，还有什么？没了这个房子，朵儿、米娜这些小的，以后连老家都没概念了，连外婆家奶奶家都找不到了，没了这个家，这些大的小的，还算不算是一家子？

赵姨突然暴躁起来，加上她昨晚在医院也没怎么睡，所以现在情绪有些控制不住，她说，没了这个家，你不要回来了。不卖！你还回来干吗，你连家都不要了，你给我走。

方芳大哭一场，万分委屈，饭也没吃，就赶往大学城，找女儿米娜去了。

38

米娜刚从浦东一家大型互联网公司回到学校宿舍。

作为交流生，她跟同学从大前天起，在那家公司实习一周。

米娜对妈妈方芳突然从天而降万分吃惊，她说，啊？你怎么来中国了？

方芳的眼睛还有哭过的红肿，她对女儿说，妈妈难过死了，刚从你外婆家过来，好心好意地去，结果心痛死了。

米娜吃惊地看着妈妈。

于是接下来，方芳把自己这次去河北王村办事，以及刚才去妈妈家的情景，向女儿描述了一遍。

米娜说，怎么这样，他们为什么把我们想得这么不好？

这句话让方芳在女儿面前无法遏制住泪水，她呢喃，可见，没办法沟通，价值观不同，但场面落得这么庸俗化，这也是没想到的，原来还以为是电视剧里演演的。

米娜把餐巾纸递给妈妈，想劝妈妈平静下来。她告诉妈妈两边是想法不一样，角度不一样，但心里可能谁都不会好过。

方芳说，这我知道，我现在坐在这里，心里又在想你外婆一个人正在家里为刚才吵架而难过、生气、发愁，想着这个更让我难过，她等会儿还要去医院陪夜呢。米娜，妈妈真后悔了，早知道这样，还不如不回来，不回来也就拉倒了，来了反而受罪了。

米娜说，不回来，你在家里也想她，又想回来。

米娜安慰正在抓狂的妈妈，说，人在两边，是有很多想法不一样，这两天我也感觉到了。

米娜确实有所感觉，比如，她实习的这家互联网公司，昨天主办了一场大型高峰论坛，有市里领导、业界嘉宾、合伙人、媒体朋友前来参加，而来自美国名校、刚来实习的她被公司当作本方代表，上台参加论坛的一个对话环节。在围绕“网商活力与经济大趋势”主题陈述各自观点时，米娜说到了在自己生活的美国小镇，面对网络经济席卷大潮，其实各有选择，有的镇政府保守，有的开放，但保守的有自己的理由，那就是不想让网络购物冲击当地各种形态的小作坊、商业店铺，因为维持商业多样化，才能维护就业的多样性，和各个空间的想象力。米娜在表达观点的时候，是有自己的倾向立场的。结果，她这个立场，引起参加论坛的众多人士以及媒体记者的兴趣，结果成为讨论焦点，后来所有的人都在说这个话题。但是，这就有些背离了公司主办这场论坛的主旨。后来，米娜听说董事长不太高兴，在埋怨李副总怎么不给她规划一下说什么。而李副总说，哎哟，我以为她懂呢，这样的场合，又是我们自己公司的事，我以为她总懂可以说什么，最好不说什么，呵，我只想着她的名校背景啦，觉得能给公司添点彩，哪想得到其他的呢，再说她看上去跟我们一模一样，上海小姑娘。

方芳抬起头，眼睛红肿着对女儿说，米娜，所以讲，不是你想的，哪有这么容易，回来，也没这么容易哪。

米娜说，但是他们人都很好的，对我挺友好，也很照顾。

方芳说，那是因为知道你是从那边来的，有些东西与他们不一样，再说又不会一直在这儿待下去。

这是一个突如其来的母女相见之夜。

米娜告诉妈妈，这次不能跟妈妈回去，因为这次“游学”是有学分的，必须完成，另外，自己也是蛮喜欢上海的城市感觉的，这里蛮好玩的，生活上还适应的。

于是方芳决定自己明天就返回美国。

她想了一下对女儿说，就今天的情况看，你不急着去外婆家，省得说话不留心再惹外婆生气。外婆这两天也忙，因为朵儿妈妈得了乳腺癌刚开完刀，外婆在陪护。

39

方园和朵儿坐在塔克马国际机场的出发大厅。

前往上海的航班柜台就在他们的对面。

虽然昨天方园已关照过女儿别来机场送了，但刚才他透过出发大厅的落地窗，看见一个灰色套头衫、红色书包的身影在门口闪了一下，就知道她还是来了。

现在父女俩就坐在这里，暂时没有说话，一个小时后，将去柜台办理登机牌。

上午的机场空旷、明净，一些人推着行李箱匆匆而过，一些人在大厅里拥抱送别，落地窗外不时掠过起降中的飞机，四下弥漫着人在旅途的声息。

从父女俩坐着的地方向左望过去，可以看见出关口，等一会儿，爸爸方园就将从那里进去，离开美国，乘飞机回家。

朵儿已经很熟悉这里了。今天早晨起床的时候，她心里闪过这里的扶梯、天桥、过道、大厅、出关口，好像看见了爸爸拖着行李箱、愁眉苦脸、东张西望的样子，就决定还是要来机场看他。

她打电话向学校请了一个上午的假，说，我要去机场送我爸爸，他英语不好。

朵儿知道爸爸为什么不想让她送，因为怕难过——怕她难过，也怕他自己难过。

这是毫无疑问的，出发大厅里的很多张脸此刻都说明是这样的规律。

现在朵儿坐在这里，心里还真的在难过。爸爸与胜男阿姨前几天才从楼下的出口处出来，而现在爸爸就要回去了。朵儿突然好想跟他一起走。她知道这是不可能的，即使可能，老爸也不会肯的，因为他的各种理由，还因为机票好贵。于是，她又瞅了一眼那个出关口。现在看过去，与上几次来这儿逛时感觉不一样了，要走进去真不容易。

就这样，她想到了那只尼尼狗，摇着小屁股表示不肯离别的小狗。尼尼就因为“棒球帽男孩”没钱给它买票，被留在了这个门的外面。

这么坐着，想着，她不知为什么想哭了。难道来这儿就是为了哭一下?

她赶紧低头玩手机。她知道老爸看到她在哭会难过的。

昨天叫她别来，就是怕这个。方园留意着女儿的侧影，心想。

伤感的气息像雾一样在身边弥散，渐渐笼罩了心境。方园知道这小孩装作在玩手机其实是在哭。跟她说点什么呢，让别离不那么感伤。

叫她别哭，问她为什么哭，这是根本不可以的，反而搞砸。因为他现在很怕这张小嘴里嘟哝“我要回去”之类，这会让他手忙脚乱，其实，从那锅“螃蟹龙虾汤”之后，这些天在他眼里“我要回去”就好像隐约挂在她的嘴边，他好像看到它随时都会因想念、赌气、撒娇、任性及习惯性口头禅而被说出来，让他不知如何作哄。

当然，他会说“我懂”“爸爸懂的”。

真的懂。因为，谁没曾是小孩过，谁没曾像她这么大的时候也想家想爸妈过，尤其在外面遇到了些什么事的时候。这边那边，此岸彼岸，哪怕你说得清100个选择的理由，你说得清人尤其小孩要回家的情绪为何存在吗？所以说，他真的懂，就像此刻坐在这孩子的身旁，舍不得走，舍不得待会儿起身离开她。

当然，他也可以对女儿说，回去？我们不像有钱人小孩回去可以接老爸的班或不接班晃悠着，不像有权人小孩回去找得到关系搞定诸事，不像有的人能混小孩也有办法，不像有的人领导了我而他小孩回去继续领导我的小孩……他可以讲100个茫然，但依然消解不了人尤其是小孩为什么想回家的情绪。因为这情绪直观、明了，不可磨灭，就像昨天溪流中那些回家的鱼。它就在那里，甚至在此刻方园自己的心里。

他瞅着女儿的侧影，心里哀愁。

朵儿低头在玩手机，突然嘟哝道，老爸，我读商科。

哦，挺好的。方园赶紧笑道，你原来不是想读心理学的吗?

朵儿一边按着手机键，一边告诉老爸自己现在想读商科了，因为可以多赚些钱，有钱了哪天想回去就回去。

方园知道她的情绪，伸手轻拍了一下她的肩膀，告诉她，朵儿，想回随时回，爸爸答应的。

你们是这么说说的。

爸爸答应你的。

她咬了一下嘴唇，嘟哝，反正，我感觉越来越回不去了。

她懵懂的样子，让这言语产生了致命的穿透力。他像被刺了一下，问她为什么。她起先没说，后来嘟哝了一些理由，教的东西，学的课程，这里的许多思维，放那边对不上，也不完全是这些……她感觉说不清，抬头看了爸爸一眼，摇头，轻声说，不知道，反正不知道为什么我感觉越来越回不去了。

她低头，继续玩手机，突然又问，爸爸，妈妈有什么事吗?

方园还在发怔于她上面那句话，现在得赶快应对这一个问题，他说，妈妈挺好的，她那边工作忙。

朵儿说，林红阿姨昨天跟你打电话是在说妈妈吗?

方园心想昨天那个电话她听见了什么。

他说，没说什么，是商量妈妈要不要去当她们单位的中层领导。

朵儿抬头，好像想了一下，说，那晚上妈妈为什么不可以视频?

正说着，那边柜台开始排队了，于是方园连忙起身，与朵儿一起推着行李箱过去。

很快办好了登机手续。然后，朵儿将爸爸送到出关口，看着他往里走。

爸爸回头向她笑，她就伸出手，放在胸前，向他摆着。

然后爸爸就走进去了。朵儿在出关口外又站了一会儿。

别离是如此迅捷。出关口，川流不息，而她身边，是空旷的自己。

40

如同每一次分离，刚刚转身，就开始想念。

方园坐在候机楼的椅子上，等一小时后登机，窗外停机坪上的飞机近在眼前。而他眼前的，唯有自家小孩刚才的音容：5分钟前她站在出关口外，像一棵小豆苗在向爸爸摆手，小小的脸上有着可怜兮兮的笑；15分钟前她偎依在爸爸身边，嘟哝“我感觉越来越回不去了”，而此刻她正背着书包走出机场，一颗小小的心里充满着哀愁……

不舍之感席卷心中，他甚至多么想把她带走。他发现自己在流泪，像个小孩在这陌生的机场里泪流满面。

一个中年男人坐在方园侧旁，在打量着他的异样。

方园尴尬地别过脸去，抹了一下眼睛，看着别处。后来，方园转过脸来时，发现他还在看自己，并在朝自己笑。

于是方园嘀咕了一声，不好意思，刚刚是与小孩子道别。

哪想到这中年人伸过头来轻声说，难怪。

在方园后来的回忆中，他与这位天体物理学者的交谈就是这样开始的。

物理学者说自己的泪点也很低，以前一家人分处几地，飞来飞去，每次在机场送行，心痛比分离本身还难承受。10年前他受聘于美国与中国内地两所高校，两地飞，有时与家人一别就是半年一载，那时两个小孩还半大不小，每次别离，小孩都哭着不让爸爸走，搞得心情一路沉重。

这中年人面容俊朗，高高的鼻梁上架着一副眼镜，斯文而干练。在方园有生以来的经历中，他发现每当自己不顺当的时候，常有好心人出现，表达他们的劝慰。这位显然也是。

于是方园告诉他自家小孩的留学状况，还告诉他，小小年纪出来读书，不是舍得分离，而是更不舍得孩子的将来。这次自己一路过来，看到了好多这样的小孩，比传说中的还要壮观，像一顶顶漂洋过海的“小降落伞”，在北美这边遍地都是，可以想见每顶小“伞”后面，都有个牵挂的家庭。

物理学者点头，他懂方园的意思。于是方园问他，你做研究经常来美国，你知道这边的人怎么看待这样的“少年留学潮”吗?

物理学者想了一下，说，真的没有哪个民族，会像我们中国人这样为了孩子以后过得好，而忍受当下的骨肉分离。据我所知，许多老外教师对此不可理解，即使对于那些有妈妈跟来陪读的，他们也不理解，他们纳闷：为什么这些小孩的爸爸平时全都不见踪影，到中国春节的时候又突然像候鸟一样出现了？他们无法理解这种夫妻、子女分离竟然是为了小孩以后过得好。

他伸出双手，放在嘴边，做了一个老外觉得不可思议的表情。

方园可以想见那些老外满脸的荒谬感，其实，凝神回望过去，谁不觉得有些怪呢？那样的娃娃脸，形单影只，涌动而来，确实是有些怪，还有无奈。于是方园笑了笑，告诉他这样的奔逐是因为感受着风向，因为在算，因为安全感，还因为环境生态，等等，焦虑由此而来，本来小孩就是每一个家的未来。

物理学者有一双温和的眼睛，他看了一眼窗外的那些飞机，告诉方园，算来算去，穿梭来去，多半是因为心里的那点不安全感，但如果按照天体物理的思维，拉到这天宇高处，拉到无穷尽时空，这一刻的世界、人群、人人心里的那点焦灼、手里正在折腾的那些事，包括那些奔逐、潮流，和所谓的不安全感，都只是这宇宙间的一个点，一个茫然的、小到不能再小的点。而劳碌、焦虑、奔逐在这样的一个格局里，更是一个小点里更微弱的点，能改变什么？那样的焦灼、奔波、算计其实只能让你无法停歇，心中生乱，没有什么意义。个体的意义只是来过一场，相遇过，有缘分让彼此吸聚在一起，这一刻好过一些，让这小小的点里的小小的点有一些好过的感觉……

方园不知道这物理学者只是在劝自己放宽心，还是他本来就这样玄虚，但方园眯起眼，望向候机楼高高的吊顶，试着以他说的角度，将自己拉到高处，越过候机楼，越过高空，越过那些正在飞翔的飞机，去回望刚才那个让他心痛的小身影时，心里确实好过了一些。

或许是因为松了一些，那些与“此岸彼岸”“好前景”相关的茫然，好似真被消去了，只剩下这个小身影，与自己相遇一场，就让她多点高兴吧，这是唯一。

物理学者微笑着在说他的往事，他说，有一次就是在这个机场里，自己准备出发去中国，去做一个为期近一年的项目，两个小孩抱着爸爸不肯让走，太太见状也泪流满面，那一刻一家四口发现不能分离，分不了，于是瞬间改变了主意。

他说，我当场决定带他们洄流，立刻买了另外三张机票，结果两个大人两个小孩一起回来了。

洄流？方园睁大了眼睛。他想到了昨天溪流里的那些鱼。

嗯。物理学者说，回中国之后，两个小孩进了国内的小学读书，老婆在家做主妇，得失利弊不能简单去比较，但一家人厮守在一起，在小孩没完全长大的时候，我们是在一起的。

方园懂他的意思，但方园笑着夸他，那也不是谁都能这样做，都有这样的条件。

这中年学者“呵呵”地笑，眼角微微扬了扬。

方园凝视了他一眼，恍若凝视与自己相对的一极，它给自己些许轻缓的呼吸。

方园在登机前，突然看见妹妹方芳发过来一条微信：哥，我正在浦东机场，等着乘飞机回美国，这次回来比较仓促，本想多待几天等你回来，但等不了了，妈妈跟我又吵了，我真的很难过，你帮我劝她一下，另祝海萍安康……

方园很诧异，妹妹在上海，也在等飞机，正要飞过来，而我正要飞过去，她们又吵了？那种徒劳奔波而荒谬的气息，从手机屏里蒸腾而上，让他眯起眼，他抬头去看窗户，试着将自己拉到高处。

物理学者推了一下他的肩膀，说，登机了。

41

要搬走？住妈莫莉站在厨房里，惊愕地看着朵儿。

其实朵儿前两天就该告诉她了，但瞧着她刚离婚的灰暗脸色，这个高中生的直觉告诉自己，还是晚两天再对她讲好一些，反正下周才搬。

今天放学后，朵儿在自己房间里做了一会儿作业，上楼看见莫莉已经下班回来，正在厨房做晚餐，就进去对她说了自己换HOMESTAY的事。

要搬走？莫莉的脸涨红了，身旁正煮着的意大利面热气腾腾，她的惊讶也像水雾一般在强劲地蒸腾。

她手里正拿着一只盘子，她看着朵儿，想说什么，但没说，转过身去，只说了一句，哦，玛丽，我知道了。

朵儿说，我下周搬，新住妈会来接我的。

莫莉的背影像一座厚实的山，但看得出来它透着的失望和茫然。

朵儿听见她说，玛丽，我知道了。

朵儿下楼来，心想，还好，一下子就说好了。

但没想到，在后面吃晚饭的时候，住妈的情绪突然失控。

其实原本该没事，五个人围坐在桌前吃饭，住妈莫莉，三个小娃杰克、妮可、查理，和朵儿，住爸巴德的椅子如今空着了，但在今天吃饭的过程中，查理与杰克有些吵闹，住妈莫莉拎起查理，让他坐到住爸巴德原先坐的那张椅子上，把他与杰克隔开了。于是杰克也要坐爸爸的椅子，说早想好要坐爸爸的椅子了，反正他也不会回来了。查理不肯，说爸爸的椅子是他的，因为爸爸对他最好，爸爸是留给他这把椅子的。两个小娃在嚷嚷。朵儿就想快点吃完了下楼去，她平时都这样。这时“小大人”妮可说，别吵了，爸爸就是被你们吵走了，你们再吵妈妈也要走了。妮可这么说，是因为注意到了妈妈此刻的脸色，但这话彻底触痛了莫莉。

莫莉眼里的泪水刹那间像雨水一样奔涌，在脸颊上流淌。莫莉说，妈妈是走不了的，你们让妈妈走不了了，妈妈也想走，妈妈这么起早摸黑地干活，什么都没得到，你们还不觉得我好！没人觉得我好，巴德不觉得我好，玛丽也要走了，你们别吵了，妈妈做得这么累，上班挣这点钱下班赶回来烧饭给你们吃，每天一早送你们三个去上学，都快累趴下了但没人喜欢我……

莫莉胖胖的脸上顷刻之间哭得像个绝望的孩子，三个小娃这下没声音了，瞪着眼睛，一起看着妈妈。朵儿赶紧说了声“对不起”，赶紧下楼去，这么一个大人泪流满面的样子，让她慌乱想逃。

从来没有一个大人在她面前这样哭过。下楼后，朵儿心里还有些慌乱。想着莫莉绝望透了的样子，朵儿觉得当女人真惨，自己刚才是不是该劝她一下，至少说一两句话，因为这一桌人，如果要有人劝，那也只有自己了，三个小娃比自己小太多。

但朵儿又实在不知怎么劝。她想起莫莉起早摸黑，包括节省的样子，觉得女人像她这样一场真是比较悲哀。

第二天晚上，朵儿在楼下做作业，她听到了门把扭动的声音，回头一看，果然是查理。

这三个小娃中，她相对喜欢这个，因为还小，自带一点萌态。

朵儿对查理说，姐姐要考试了，你快快上楼去吧。

查理笑眯眯地告诉她，玛丽要搬家了，我们也要搬家了。

朵儿说，你们也要搬家？那正好，姐姐幸亏也正好搬，刚好。

查理说，玛丽搬家了，妈妈说这个房子就空了，爸爸也不跟我们住了，我们就不住这个房子了。

朵儿说，那好吧，查理，咱们下周就再见了。姐姐喜欢你，只要你不太吵，你现在就上楼吧。

查理“啪嗒啪嗒”上楼去了，朵儿继续做作业，做着做着，她想起了查理说的他们也要搬家了，突然间，她明白了，因为有同学遇到过类似的HOMESTAY状况：

这房子是这家人租来的，现在两口子离婚了，一个搬走了，那么剩下的一个就得承担全部房租费用，而原本朵儿的住宿费可以帮她贴补一部分的租金，但现在朵儿也搬走了，她自然必须搬家，否则承担不了。

朵儿想，原来这样啊，都是连在一起的。

但这意味着几个孩子会比较麻烦，因为他们的学校、幼儿园都在附近，由于这次朵儿的搬出和莫莉她自己的离婚都比较突然，所以有点措手不及。

朵儿看着面前的台灯，窗外是黑乎乎的花坛，她侧耳听楼上的声音，现在那里安静着。她想，原来这样啊，人与人都是连着的。

第二天下班后，住妈莫莉带着一袋蔬菜，从学校接了孩子，赶回家来做饭。

上了楼，发现客厅里今天收拾过了，原先乱丢一气的衣服现在整齐地码在沙发旁。

她还看见了餐桌上放着一杯茶，透着晶莹的绿色，是中国茶。

朵儿今天坐在餐桌边在写作业。现在这个中国女生正抬起头，向她笑了一下，说，莫莉，我不搬了。

42

朵儿没换HOMESTAY，现在也确实没必要换了，因为如今她与住妈莫莉一家关系不错了，再说再过大半年也要毕业了。

爸爸方园说过，有时候，在某一个瞬间，看到了彼此的好，瞥见了他人的软弱，都会要好起来的，与人相处，有它自己的理由。

这个秋天的事，就像风中的叶子，翩翩而至，总有它的理由。

比如现在，在奈特利高中休息区，男生洛克和女生杨冰正坐在朵儿的面前。杨冰告诉朵儿，洛克拿到了剑桥、麻省、伯克利的offer了，但他不准备去了，因为他决定去加拿大维多利亚大学。

杨冰的声音里有巨大的不解。

果然朵儿睁大了眼睛，问，什么？

洛克眼睛向下看着朵儿，表情鬼马地一笑，说，本来就是这样想定的。

朵儿明白那笑容后面藏着他习惯性的几个字“你们太幼稚”。但前三所毕竟是世界级名校啊。

因为奖学金。洛克说，前面三所我没拿到奖学金，后面的学校提供奖学金。

也不至于为了奖学金连世界名校都不要了，本科生要在这类名校拿到奖学金是蛮少的。两位女生的观点是这样。

但洛克说，我要奖学金。

他的神情有些固执，显得不可理喻。

他问朵儿，我好像跟你提及过丹尼尔老师，是不是？

接下来，他讲了一个他自己的故事，让坐在对面的两位同学傻眼了。

洛克说他是来自河南农村的小孩，如果没有丹尼尔老师，他早辍学了，可能正在广东的哪个角落里打工呢。

洛克说丹尼尔老师是加拿大人，10年前去的中国，先在北京一所国际学校教书，后来到了河南一家公益学校，公益学校的孩子有许多来自贫困家庭，自己就是其中的一员，因为理科优秀，而被丹尼尔老师赏识，但那时自己还不叫洛克，而是叫苗富贵。

苗富贵？杨冰说。

洛克点头，继续说，丹尼尔给我取了个名叫洛克，后来丹尼尔老师去广东一所国际中学任教时，把我带去那里上学，因为丹尼尔老师看好我，而且也因为我家太穷没钱让我深造。我在广东上了几年学，随后，随着那所国际学校的同学们来到了西雅图，你们知道吗，我所有的学费、生活费全是丹尼尔老师提供的，因为丹尼尔老师认为我有潜力，希望我有一个更好的台阶。

洛克冲两个傻眼了的女生笑笑，说，我很好命，但正因为这样，我必须拿到奖学金，减轻他的压力，我知道他没有多少钱，他在中国教书又能有多少钱呢？所以，我拿到奖学金就可以减轻他的负担，他当然不希望我这样，但我得这样。再说，名校的学费本身很高哪……

杨冰嘟哝：你不是超想去伯克利的吗？

洛克告诉她们，当你遇到一个好心人，得心疼他。他还说，我嘛，读完书，就回去呀，我跟你们不一样，丹尼尔还在那里呢。

朵儿举起桌上的水杯，祝贺他上维多利亚大学。她说，洛克，哪天让我请你吃个饭吧，平时你请我太多，我得还你。

杨冰可没请洛克吃饭，她将一把军刀作为生日礼物送给了洛克。她认为洛克仗义、果决，配得上这把刀。

结果这惹出了波澜。

洛克收下这把刀后，高高兴兴地把它带回了家，放在书桌上。但住妈伊斯梅老奶奶在打扫房间时，发现洛克桌上竟然有一把刀，天哪，还是真的。老奶奶越想越复杂，越想越害怕，就拿着这把刀，来向学校报告。

学校确认情况属实后，对杨冰、洛克两位学生作出警告。

因为学校不允许送这样的刀械，这是明文规定的。

杨冰妈妈董胜男赶到学校喊冤：我们真的不知道，无论是送的，还是收的，都不知道这是不允许的，我们小孩不了解你们这里的文化，我们杨冰这是第三次被警告了，是不是要被遣送回去了？还有，我都怀疑这是杨冰自己在“攒”警告，因为这小孩就是想回去。

与妈妈的惶恐相反，杨冰居然果真兴奋地对朵儿说，三次就三次，我正好回去得了，我妈住在我家这阵子，我也左右为难了，因为杨清杨玉两个好像受了多大的委屈，天天像不受待见的小丫头似的，看她们这样子，我干脆带我妈回去算了，我回去再去改个名，什么杨冰，凑什么“冰清玉洁”啊，整个讽刺，我得回上海。

三天后，胜男和女儿杨冰还真的坐上了返回上海的飞机。

胜男对学校说，我先带小孩回去理一理思路，想想清楚再说，再说也快圣诞假了，我们先请两星期假，提前走，谢谢，谢谢，不好意思。

母女俩就先回国了。而那个警告据说通过董胜男的一番沟通，倒是被免除了。这也是她这次美国之行的收获。

43

秋天细雨飘飞，映衬孤单的心情。爸爸回去有些天了，现在杨冰和她妈妈胜男也回去了。

朵儿背着书包，沿着林道，踩着落叶，穿过一片坡地，来到了一幢别墅门前。

这片居住区，离莫莉家那一带有点远，最近这几天，放学后朵儿都来这里，在这里逗留一个半小时，再坐公交车返回住妈莫莉家。

现在朵儿走到了大门旁，有小狗立刻在门内开始了欢叫。

朵儿打开门，一只泰迪狗像一团绒球冲出来，在她脚边打转。

尼尼。朵儿叫唤着，蹲下来，把它抱起来，它圆溜溜的眼睛里映着朵儿的脸。

这其实是朵儿在这个秋天的一项任务：在励云去洛杉矶实习期间，帮他照料尼尼一周时间。

励云对朵儿说，我原先是托我堂姐励霞的，但她哪会高兴每天过来啊，只能托你这个中学生了。

这正是朵儿喜欢的任务。虽然从学校过来路有些远，但她渴望看见尼尼，也知道这小狗对她越来越亲。

于是这两天放学后，朵儿都会走进这个大屋子，拿出狗粮，喂尼尼，跟它说话。

这空空荡荡的大房间里，一楼环墙有一整排落地大镜子。这些天傍晚，镜子里就映着一个女孩和一条小狗。

朵儿知道这排镜子是励云自己装在墙上的，为的是在家里排练舞蹈。对此，朵儿觉得有点不可思议。而励云的堂姐励霞则觉得可笑。

昨天傍晚，励霞就站在这个房间里对朵儿说，我做再离奇的梦，都不会做到我带着一群人来美国跳广场舞。

朵儿原先就认识这个励霞姐姐，因为她就住在莫莉家附近，星期天早晨经常看见她在门前的路边跑步，短发、干练、潇洒，是西雅图一家知名网络公司的工程师。

朵儿对她真正的印象，其实来自于有一天她来大学广场，动员励云带他们的舞队去参加第二天的华人平权运动大游行，为一位华裔警察维权。当时励云的舞队正在玩快闪，而朵儿是去看尼尼的。朵儿这才知道她原来是励云的亲戚。那天朵儿对这位励霞印象深刻，因为励云支支吾吾没兴趣带队前去的样子，让她失望透顶地说，你们就知道自己扎堆玩你们自己的，你们在这里的权益、影响力需要自己去争取。她说话昂扬的样子让朵儿觉得够帅。

昨天放学后，朵儿来到这儿时，励霞已经在了。她见朵儿进来，就笑道，今天尼尼我喂过了，励云托我的事，我还得过来看看，虽然我知道你会来，但你还是中学生，万一学校有事呢。

然后，励霞就席地而坐，跟朵儿聊了一会儿天。朵儿感觉那排镜子特招惹这个姐姐的情绪。对此，朵儿心里想笑。

这个姐姐指着镜子说，你看这房间，他们家真宠他，还没毕业呢，就从南京跑过来给他买房子，这不，他成了一只大蜗牛了，没了远方；而他呢，就知道怎么把自己逗开心，自成一体，又是街舞，又是快闪，身边的都是说中国话的人，过两年就老婆儿子热炕头啦……

朵儿想着励云好好先生的模样，就帮他说了一句：那也可能是因为他现在感觉只有待在这些熟悉的里面才安全呢，以后再出动呢。

励霞嘴角掠过一道笑意，说，但愿！我为什么说“但愿”，是因为我相信我现在在这里遇到的所有华人瓶颈，他以后一个不落地统统都会遇到，所以说，但愿。

对于中学生朵儿来说，这都是人家的事。此刻她更多的注意力还是在面前的尼尼，这只被关在家里、已等待了她一天的小狗。

此刻这小狗贴在她的脚边，像一只暖暖的绒球，当她对它说话的时候，它表情丰富，不是那种简单的萌乖状，而是完全听懂的神情。于是她问它还想不想那个“棒球帽男孩”，她告诉它自己去机场送爸爸了，其实自己也好想跟去，但这是不可能的，可见不是尼尼你一个没去成，没有机票是去不成的，那么咱们只能先在这里好好待着吧，等他们来接……她感觉说这些的时候，尼尼眼睛里也在忧愁，说明它真的听懂了。说着说着，她心里就好过一些。她发现自己需要对它说话，尤其爸妈最近不知为什么跟她通话少了，她就更需要跟它说说话。

是的，在跟尼尼说话的时候，她心里也掠过这个问题：为什么最近他们都没跟我通视频？永远是短信微信，永远都说“我们好的”，爸爸回去的路上是好的，妈妈也是好的……那为什么不露脸了呢？为什么我视频过去妈妈都不接，而原来妈妈是那么喜欢视频的，她在干什么？爸爸回去后，按理说他们得一起跟我通一次话，但也没有，为什么？

这些偶尔掠过的疑问，像一个一个线头，她在想象中往上拉扯。渐渐地，她想到了林红阿姨的那个电话，爸爸掩着手机语焉不详明显避她的样子，她还想到了妈妈突然让爸爸代她来美国，这难道是因为妈妈有什么原因吗……

这个秋天，隐隐约约的不妥感，像射线一样不时划过朵儿的脑海。

终于有一天她用莫莉家的座机打上海家里的电话，没人接；打妈妈银行办公桌上的电话，没人接；打奶奶家的电话，没人接，她们都去哪儿了，以前奶奶可不太出门呀？

终于有一天下午，她打通了奶奶家的电话，奶奶说，好的，我们都好的，只要朵儿你在那边好，我们就好啊。

但奶奶那种疲惫，略有躲闪的语调，反而加深了她的怀疑。于是她想起了米娜表姐，她不是正好在上海吗？

朵儿心想，不知她有没有去看过奶奶，她知道有什么事吗？

于是她给米娜发了一条微信。

44

表姐米娜给朵儿回了一条她后来为之后悔的微信。

但当时米娜可不知道，她哪知道啊。

她告诉朵儿：我去过外婆家了，但没遇到外婆，我妈说外婆最近在医院，陪护你妈妈乳腺癌开刀，朵儿，她没事吧，祝愿她早日康复……

米娜匆匆发了这条微信，还因为她今天正有一堆事等着她去办，所以没来得及多想为何朵儿突然来向她打听情况。

今天等着米娜去应对的这些事，包括一家财经杂志和一家纸媒的约访，一家电视台财经对话节目的录播，以及一家著名网络公司的约谈。

米娜这么突然在上海忙乎起来的架势，不仅让她那些美国同学大为吃惊，更让她自己如同做梦。

其实，这来自于那场让她犯晕的高峰论坛。

虽然那场论坛她的发言有些离题，但许多人因此留意到了她的存在，这么一个形象姣好，而且能清晰表达不同价值思维的女生，正是当前媒体采访所需要的，青春、跨国、跨界、多元、包容这些特质集于一身，并且，因为她是华裔，能清晰地用中文陈述自己的观点，同时近乎天生地具有东方视角，能进行经济现象比较分析。不找她，还能去哪儿找这样的人来做节目和采访呢？

还有一家有名的网络公司甚至向她伸出了橄榄枝，希望她毕业后加盟。他们说，米娜同学，你不是还有一年就毕业了吗，哪怕现在还没毕业，先来我们公司的美国分公司协作起来吧。

这家公司的老总明白，请这么一个人来，虽说思维方式、处事习惯必会时常犯冲，甚至暂时觉得不好用，但这是必须的，要与国外市场合作，无论是谁，无论迟早都要碰撞的，不先在国内碰撞，出去也是要撞的，所以像米娜这样的跨文化员工，是急需的。

今天下午，米娜去见的就是这家公司管人力资源的副总。米娜没当场给对方答复，只是表示：很高兴，因为还是学生，需要再想想，也要征求一下爸妈的意见，因为这需要来上海工作，但相信以后我一定有机会跟你们合作。

米娜从那家公司出来，心情轻快，沿着街边走了一会儿，突然决定去外婆家看看。

于是她一路乘坐地铁、公交，来到了外婆家的19号楼下，按门铃依然没人。她就往小区公园方向走，她想去那边坐坐，待会儿再过来，也没准外婆就在小公园里，朵儿不是说她常在那里晒太阳吗？

米娜走进小区公园，沿着石板路，和两侧的夹竹桃往前走，她一眼就看见了外婆在回廊前跟一群老人在聊天。

是的，那是外婆，不会错，她穿着那件黄绿色中式春秋衫。

其实，即使今天她没穿这件衣服，米娜也认得出来，因为外婆还是以前的模样。小时候米娜每天是跟外婆睡的，怎么可能认不得她的样子。

米娜兴奋地走过去，老人们正聊得起劲，没看她。

米娜就在她们旁边的石椅上先坐下来，看着她们聊天，心想等会儿外婆发现她坐在她们旁边，会不会吓一跳。那是一定的。她好想笑。

米娜听见她们正在聊房价、菜价、旅行、看病以及子女。她们聊这些的时候神情投入，像一群“嘎嘎”叫的鸭子。

后来米娜竟然发现她们开始聊她了，没错，在聊米娜。米娜坐在这里都像在做梦了：她们在聊我！

哦，应该说是她外婆赵姨在跟她们讲她，外婆在夸儿子女儿如何如何好、孙女外孙女如何如何好，尤其是两个小女生，都在外面哪，那个外孙女，前几天《新民晚报》上都有她的名字哪，你们看报纸可以看到的，她叫季米娜，是一个叫什么名字的高峰论坛，她的一个观点很突出，到底读的是世界名校呀，那个学校叫什么来着的？斯也福，斯勒福，坦斯福……啊呀，就在嘴边上，一下子吃不准了，叫啥校名来的？

旁边一个老人说，可能是斯坦福吧，我知道。

外婆脸上有犹豫之色，说，好像是，好像是这个。接着她把头转向了米娜，可能觉得这位年轻的应该知道，所以她探询式地向米娜递过来视线。

米娜在向她笑。

米娜冲着这张记忆深刻的脸庞轻声说，斯坦福，外婆。

米娜看见面前这张脸上的神情，从迷惑转向惊愕，然后转向开心透顶，在说：哎哟——

45

下午学校操场上的风比较大，朵儿坐在草地上，对着手机，一遍遍读表姐米娜发来的微信。远处天边云层低矮，就像她此刻心里的沉郁。

接下来的时间里，她拼命给妈妈发微信，说，你怎么可以不告诉我，癌症哪，你们为什么不告诉我?！爸爸在这里的时候也瞒着我，我受不了了，为什么不让我知道？还有什么没让我知道？

在她迅猛的追问下，妈妈、爸爸在不断地回过来，劝她，哄她：没事，手术都做好了，很成功的，妈妈爸爸没告诉你，是因为你还小，一个人在外面，怕你太担心……

她回：那现在我更担心了，因为我现在知道了你们有些事是不会跟我说的，我要回来。

爸爸妈妈哪会肯，他们说，回来没必要，回来能解决什么问题呢？奔来奔去，太疲劳，而且想着你情绪这么强烈地一个人在路上，妈妈爸爸不放心。

朵儿说，我觉得有必要，因为是我需要，我要回来看妈妈。

妈妈爸爸当然不会答应，他们说，你还在申请大学呢，机票也不便宜。

朵儿说，我要回来，我要看到妈妈。

妈妈说，我好的，跟原来一模一样。

朵儿说，难怪那么长时间都不跟我通视频，原来是这个原因呀，是不是化疗头发没了？

朵儿就哭起来，绿油油的草地上此刻无比空旷，远远的，有几个男生在踢球。

朵儿一边哭泣一边对着手机继续写：我要回来，哪怕你没头发了，我也要来看看，因为你们想了那么多办法瞒我，所以我不能相信你们现在对我说的话，我要回家。

她知道妈妈想她，她知道这一刻妈妈其实需要她，所以她必须站到妈妈的病床边，她觉得这样很重要。

而爸爸妈妈显然被她的攻势为难住了，隔了一会儿，回过来：我们商量了，还是不要回来，一个没必要，二个路上折腾，三个妈妈在这里需要静养，四个刚刚动了手术花了好多钱，现在再花钱在机票上，不值得。

这第四点让朵儿怔住了。

她关了手机，知道跟他们讲也没用了。

她不知道接下来怎么办。她想着妈妈没了头发的样子，就对着草地呜咽起来，妈妈——

对一个悲哀时需要倾诉的小孩，现在没有人比尼尼更适合坐在她的面前，听她说话，因为它懂。

朵儿想着它可怜兮兮的小脸，放学后，就一路转车，到了励云家。

果然，尼尼今天好像知道朵儿不开心，一进门，它没对她摇小尾巴，而是用忧愁的眼睛看着她。

朵儿把尼尼抱在怀里，告诉它自己今天真的悲催了，因为妈妈病了，自己又回不了家。

她说，尼尼，看样子，我们是真的回不去了，这个时候回不去，还有哪个时候能回去呢？妈妈说不值得回去，那是她在说假话，我知道这个时候她最想的人是我；爸爸说不值得，但他知道吗，这对我来说是最值得的，因为我现在最需要去看妈妈，所以最值得。尼尼，他们是不知道我们心里在想什么，真应该让他们像我和你一样，一个人在那么远的地方背井离乡，那么他们也会像我和你一样想家……

尼尼伸出小舌头，在舔她的手背，宛若安慰。

她说，尼尼，也只有你为我难过了，尼尼，我们再想想办法，还有什么办法……

今天下班后，励霞开车路过堂弟励云家附近的时候，决定去看看小狗，万一那个中学生没过来呢。

当励霞推开房门时，她有些吃惊。

因为房间里安静无声，平时每逢有人进屋，尼尼总是一迭声地欢叫，而今天却没声息。

励霞走进房间，看见那中学生和小狗都在。

然而她却惊愕地发现那中学生正泪流满面。

她低声问，朵儿怎么了？

朵儿起先没声响，后来抬起迷蒙的泪眼，告诉她，我妈妈得了癌症，却不让我回去。

励霞在她身边蹲下来，安慰她，给她分析爸妈话语中的理性因素，分析妈妈病况的可治性，分析她当前的学业任务。

朵儿说，你说的我都懂，但我还是难过，想哭，姐姐你不要管我，我只是想哭，哭过就好了。我只是想跟尼尼说说话，你先回去吧。

励霞懂。有时候人只是想哭一场，无奈时哭一场也会好过些。励霞又安慰了她一会儿，见朵儿要她先回去的样子，就起身告辞。

励霞走到门口，又回头对朵儿说，朵儿，你也早点回家，今晚不能一个人留在这里的，知道吗？

朵儿说，知道。

励霞在开车回家的路上，想着刚才那张哭泣的小脸，和她对着小狗呢喃而语的样子，越来越不放心起来。

励霞想，这小孩别今晚不回去，这样子，让人担心。

她想，她不满19岁，不可以一个人在外面过夜的，如果她住妈发现她通宵不归，会着急的，也会报告给学校的，这样她会受到学校的警告。

励霞越想越不妥。

她想，要不我去跟莫莉说一声，反正莫莉家就在我家旁边，平时经常在路上与她打照面，也算认识，等会儿去告诉莫莉这中学生家里出事了，她妈妈生病让她难过，家长又不让她回家，如果今晚她回来得晚的话，可以去励云家看看，哪怕到时莫莉不过去，那至少也知道朵儿在哪里，而不至于着急。

就这样，励霞开车路过莫莉家时，进门对莫莉讲了朵儿的事。

莫莉晚上8点钟推开励云家的房门时，果真看见朵儿坐在地上，身边蹲着一只巧克力色的泰迪狗。

莫莉叫唤着“玛丽”走过去。朵儿转过脸来，脸上是泪水和迷惘。莫莉说，玛丽，我们带上狗，回家去，还有，玛丽，我们去向学校请假，让你回家。

朵儿告诉她哪怕学校同意也回不了家，因为爸爸妈妈不肯，因为机票贵，因为怕路上麻烦。

莫莉看着这张忧愁的小脸，她把胖乎乎的手按在朵儿的肩膀上，说，我帮你买。

朵儿摇头，这不可以。

莫莉笑了笑，说，莫莉这点钱还有。

46

朵儿站在塔克马国际机场的出发大厅，落地窗外依然是明媚的蓝天。

空港流动的声息，匆忙的人影，朵儿早已熟悉。这几个星期以来，她像一只流浪的小猫，已多次出入这里，熟悉了这里许多个角落和区域。

她曾经在这里的天桥上东张西望，曾经在出口处打量那些刚下飞机的旅客身影，也曾在这里与一只可爱的小狗相遇，前些天她还在这里跟爸爸道别，看着他拖着行李箱，走进出关口，而那一刻她是多么想跟着他进去……

现在出关口就在面前，它看起来如此寻常、平易，但她知道，走进去，对于她是那么不容易。

从她最初在这附近徘徊，到如今即将走进这个关口，100

米，50米，20米，10米……这一路，好不容易。

现在，她拿着莫莉给她买的那张机票要走进去了。

她回头向身后送行的莫莉、洛克、杰克、妮可、查理、励霞、励云挥了挥手，还向查理做了个鬼脸，对励云手里抱着的尼尼点了点手指，甚至还来得及说了一声“洛克，真希望能代你去看看丹尼尔老师”……然后就走进去了。

她感觉到了心里的轻快。站在等待安检的队伍中，她给自己一个深深的呼吸，然后对着这异乡陌生的空间、人流，和想象中的妈妈的脸庞，轻声说：嗨——

图书在版编目（CIP）数据

小别离. 2 / 鲁引弓 著. -- 北京 ：作家出版社，2016. 7
ISBN 978-7-5063-9014-9

Ⅰ. ①小… Ⅱ. ①鲁… Ⅲ. ①长篇小说 - 中国 - 当代
Ⅳ. ①I247.5

中国版本图书馆CIP数据核字（2016）第160878号

小别离2

作　　者：鲁引弓
策划统筹：袁　敏
责任编辑：杨兵兵
装帧设计：张晓光
出版发行：作家出版社
社　　址：北京农展馆南里10号　　邮　　编：100125
电话传真：86-10-65930756（出版发行部）
86-10-65004079（总编室）
86-10-65015116（邮购部）
E-mail:zuojia@zuojia.net.cn
http://www.haozuojia.com（作家在线）
印　　刷：北京明月印务有限责任公司
成品尺寸：152×230
字　　数：169千
印　　张：15
版　　次：2016年8月第1版
印　　次：2016年8月第1次印刷
ISBN 978-7-5063-9014-9
定　　价：32.00元